Michael Markaris

AF281445

DJ Tod

Michael Markaris

DJ Tod

Die Handlung ist frei erfunden. Jede Ähnlichkeit mit Personen ist rein zufällig.

Impressum
Titel: istockphoto ID: 256737295
Innenteil istockphoto: 219349021
Copyright Michael Markaris 2025
Der Inhalt als auch Buch- und Reihentitel sowie der Autorenname sind urheberrechtlich geschützt oder unterliegen dem Titelschutz. Jedwede Verwendung ist strafbar.

ISBN: 978-3-8192-9901-8
Verlag: BoD · Books on Demand GmbH,
Überseering 33, 22297 Hamburg,
bod@bod.de
Druck: Libri Plureos GmbH,
Friedensallee 273, 22763 Hamburg

Angelos Nikakis, 33, ist nicht nur der Kommissar (Dienstgrad: Kriminaldirektor)auf Mykonos, sondern auch Bürgermeister der Insel.

Mit „DJ Tod" kehrt Michael Markaris zum Autorenteam zurück und ersetzt Paul, der sich seiner Gesundheit widmen will.

Michael Markaris ist der „Erfinder" der Mykonos-Crime-Bände, denn das Setting beruht auf den „Mykonos Love Story"-Büchern von Michael.

Willkommen zurück!

Der im Buch erwähnte Song „Take your time" stammt im Original von der SOS Band, das Remake von Tensnake.

1

Ein neuer Remix

DJs sind in der Regel alte Männer. Superstars wie David Guetta oder Tiesto sind jenseits der 50.

Eifrig versuchen sie mittels Dekoration ihr fortge-schrittenes Alter zu kaschieren.

Geheimratsecken werden oft mit einem Basecap verdeckt, damit die meist jugendliche Klientel nicht sieht, dass sich die Ecken wie Wanderdünen bis zum Wirbel vorangefressen hatten.

DJ Dim Gio erfüllte alle Kriterien dieses real gewordenen Klischees. Dank der diffusen Lichtverhältnisse in Beachclubs sah niemand, wie sehr er im Gesicht gealtert war. Er war 52 Jahre alt.

Und sein Lebensstil sorgte dafür, dass sein biologisches Alter jenseits der 70 lag.

Doch an jenem Abend war er eifrig im Einsatz.

Das *Alemagou* war brechend voll – es war Mitte Juli. Und die Menge tobte ob des Techno- und Elektro-Pop Terrors.

DJ Dim Gio stopfte seine Ohropax noch tiefer in den Gehörgang.

Jetzt. Jetzt ist es soweit.

„Folks. Schluss mit dem Mist. Jetzt kommt richtige Musik!"

Zufällig der Song, den es seit gestern als Download gab.

Take your time. SOS Band. 1980. Mash up.

Die Jüngeren verließen die Tanzfläche. Doch jetzt kamen die etwas Älteren – und die Reicheren. Und in ihren Gesichtern sah man so etwas wie Glückseligkeit. Ja, das war noch Musik zum Tanzen. Nicht das stumpfe Hämmern der üblichen Mykonos-Music.

DJ Dim Gio startete den Mash up. Zwei Songs mit derselben Geschwindigkeit, demselben Rhythmus. In diesem Falle nicht schwierig. Der DJ mashte mit dem Remake von *Take your time.* Jetzt tanzte alles. Die Bars, selbst die am Rande des freien Areals. Auch im Restaurant oben standen die Gäste.

„Und ab morgen spielen wir ausschließlich DIESE Musik!", rief Dim Gio ins Mikro.

Die Menge jubelte.

Spyros Armenakis, der Besitzer des *Alemagou* stand nur wenige Meter daneben und zeigte DJ Dim Gio den Vogel. Der rieb Daumen und Zeigefinger aneinander. Money. Viel mehr Money. Du wirst schon sehen.

Und er machte weiter.

And the beat goes on …the Whispers.

Nach dreißig Minuten stupste er Konstantin, den Lightjockey. Er sollte übernehmen.

Dim Gio ging vom Podest herunter und zur Bar. Er suchte jemand. Dann fand er ihn. Er räumte den Geschirrspüler aus. Antonis.

Dim Gio nickte nur mit dem Kopf und Antonis ließ die Gläser stehen, klappte das Thekenstück nach oben. Plötzlich spürte er einen festen Griff am Oberarm. Sein Kollege Pablo.

„Warum machst du das? Er ist ein Arschloch!"

„Lass mich. Er hat gesagt, dass er mir hilft!"

„Und daran glaubst du?"

Pablo schüttelte den Kopf, ließ Antonis aber gehen.

Zwei Minuten später verschwanden Dim Gio und Antonis im Lagerraum. Dim Gio warf den jungen Kellner auf zwei Paletten Red Bull und zog ihm die Hose herunter.

Weitere fünf Minuten später kam Dim Gio aus dem Lagerraum heraus und griff sich in den

Schritt. Ein perfekter Abend.

Er ahnte nicht, dass er zwei denkwürdige Wochen später sterben sollte.
Ausgemasht.
Und dass ihn die Medien DJ Dim Lights nennen würden. Der DJ, bei dem die Lichter ausgingen.

2

Ein Kommissar auf Wolke 7

14 Tage später

Kommissar Angelos Nikakis und seine bessere Hälfte, Stefanos Tanos, saßen im Flug Transavia von Tel Aviv nach Mykonos. Business Class.
„Da haben wir die Reihe für uns", hatte Angelos vor dem Boarding gesagt.
Der Flugbegleiter stierte die beiden an und vergaß die übliche Begrüßung. Demonstrativ küsste Angelos Stefanos in den Nacken.
„Wir erregen Aufmerksamkeit. Jetzt schon?", fragte Stefanos amüsiert.
„Er kann sich nicht entscheiden, wer von uns besser aussieht. Oder er sieht uns an, dass ich 33 und du 17 bist", sagte Angelos.

„Noch interessiert das niemand. Das wird auf Mykonos anders sein", meinte Stefanos. „Oder hat es sich schon herumgesprochen?"

Das Gerücht, das den Tatsachen entsprach, hatte längst selbst den letzten Winkel der Insel erreicht.

Skandal.

Der neue Mann an der Seite von Kommissar Nikakis war ein 17-jähriger. Stefanos Tanos. Mitglied der ehemals reichsten Familie der Insel. Gut – nichts an Stefanos sah nach 17 aus. Etwas kleiner als der Kommissar – und blond.

Verdammt blond. Verwuscheltes blondes Haar. Surferfrisur. Und blaue Augen. Blau und tief wie die Ägäis.

Dabei war Stefanos waschechter Grieche.

Eine Schönheit, der Kommissar Nikakis trotz aller Bedenken nicht widerstehen konnte.

„Ich hab dich jede Woche in der Klinik in Tel Aviv besucht. Der ganze Flughafen auf Mykonos hat sich gefragt …"

„ … was du da machst!"

„Es hat drei Tage gedauert, dann wussten alle, wen ich wo besuche. Irre. Zumindest weiß ich jetzt, wer meine wahren Freunde sind, denn die haben sich für mich gefreut. Dass ich endlich wieder glücklich bin. Klar haben die auch Bedenken …"

„Also ich habe null Bedenken. Das funktioniert, weil wir uns beide lieben. Das war in deinen letzten Beziehungen anders – sorry. Ich bin immer so direkt. Dafür vertrage ich auch viel.

Musste ich ja auch", sagte Stefanos und ein Schatten huschte über sein Gesicht.

Angelos küsste ihn auf die Backe.

„Und so sieht der Plan aus. Morgen Abend gehen wir ins *Burro´s,* dann ins *Porto* und danach ins *Apozouraki* in Ano Mera. Was sagt dir die Auswahl?", fragte Angelos.

„Die drei Tratschzentren!"

„Richtig. Danach wissen alle, dass nicht nur das Gerücht stimmt, sondern auch, dass wir uns wirklich lieben. Die folgenden Tage gehen wir in mindestens drei Beachclubs. In deinem Alter feiert man und du sollst nichts versäumen, nur weil …"

„Ich werde nie etwas vermissen. Wie oft noch? Du warst mein Traum. Da ist nichts anderes, was ich will!"

„Und dann noch eines: du hast mal gesagt, dein Traumhaus sollte keine Innenwände haben und das Bett muss auf ein Podest. Dein Wunsch ist erfüllt. Nach sechs Wochen Dauer-chaos und einem halben Deckeneinsturz ist alles fertig", sagte Angelos.

Stefanos schaute ihn ungläubig an.

„D-du hast dein Haus umbauen lassen – wegen mir?"

„Unser Haus, Stef. Unser Haus!"

Es war 22 Uhr 45, als die beiden am Flughafen Mykonos in ihr Auto stiegen und nach Hause fuhren. Besser: sie wollten, doch bereits kurz hinter dem Kreisverkehr staute es sich.

„Was ist denn hier los?", fragte Angelos und tippte auf dem Borddisplay auf *Astinomia*. Polizei.

„Hallo Chef! Dann war der Flug aus Tel Aviv also pünktlich", sagte Kostas, einer der älteren Streifenbeamten.

Angelos lachte.

„Und sag dem Bengel, er soll brav sein. Ich hab ihn mit 14 mal wegen eines frisierten Mofas angehalten. Ist er immer noch so frech?"

„Ist er. Sag mal, Richtung Ano Mera ist ein Stau. Gab´s nen Unfall?"

„Nö. Ist wegen dem *Alemagou*. Ist seit einer Woche jeden Abend so. Die haben nen neuen DJ. Spielt wohl Disco aus den 70er- und 80-ern. Meine Jugend. Umleitung: zurück zum Flughafen und über die Pampa", sagte Kostas.

„Na, super", knurrte Angelos und machte das Radio an.

Prime Radio 104,6.

… windstill bei 24 Grad. Richtung Ano Mera vier Kilometer Stau zum Alemagou. Apropos Alemagou: jetzt DJ Dim Gio und Take your time auf Prime Radio 104,6.

„Original von der SOS Band", sagte Angelos Nikakis, drehte lauter und sang mit.

Stefanos lachte.

„Wow. Ein verkappter Partylöwe. Vielleicht sollten wir die Tage mal ins *Alemagou*. Richtig abtanzen!"

Als ich das letzte Mal in einem Club war, hieß
der noch Disco, dachte Angelos.
Baby, you can do it. Do it right. Take your time.

3

Bewegungsfahrt

Nach dem Erwachen fragte sich
Kommissar Angelos Nikakis kurzzeitig, wo
er war – so ungewohnt war der Anblick
des Hausinneren ohne Wände und vom Podest
aus.
Der Platz im Bett neben ihm war leer.
„Stef?"
„Terrasse!"
Vorsichtig ging Angelos die drei Treppen vom
Bett hinunter und dann hinaus.
Der Anblick von Stef auf dem Sunbed ließ
seinen Launepegel schlagartig nach oben
schnellen. Der Körper, das Wuschelhaar und die
blauen Augen …
 Stef lachte.
„Eine Erektion am Morgen? Ich würde ja gern,
aber …"

„ … der Arzt meinte, wir sollten noch zwei Wochen warten, ich weiß!"

„Keine Sorge. Ich kümmere mich dann um dich. Zuerst Espresso. Bitte setzen, Herr Kommissar", sagte Stef und verschwand im Kochbereich, früher schlicht: die Küche.

„Drei Kapseln Espresso, wenn ich mich recht erinnere und das obligatorische Stück Kuchen."

Das gängige Frühstück griechischer Männer. Espresso, Zigarette, Kuchen.

Ein deutsches Frühstück mit Wurst, Käse oder gar Müsli brächte jeden Griechen zum Erbrechen.

„Die Aussicht ist wirklich toll", sagte Stef.

Stimmt, dachte Angelos. Warum nur habe ich es nie richtig wahrgenommen? Von der Terrasse aus hatte man die ganze Bucht von Kalo Livadi im Blick – und noch waren die Subwoofer auf den Yachten im Morgenschlaf.

„Und bitte zwick mich. Ich kann es noch immer nicht glauben. Ich wollte gar nicht schlafen, damit ich jede Minute … egal!"

Stef schluckte.

Ein Grieche, der sich nicht schämt, eine Träne zu vergießen – erfrischend, dachte Angelos.

„So, jetzt kennst du dein, unser neues Zuhause. Über ein paar Dinge müssen wir noch sprechen. Bei Mordermittlungen brauche ich einen Assistenten – für praktische Dinge wie die Leiche umdrehen oder das Maßband halten. Vor allem aber für kritisches Nachfragen. Dinge, die du anders siehst. Dinge, die ich übersehe.

Du stehst da auf einer Stufe mit mir", sagte Kommissar Nikakis.

„Das werden deine Kollegen von der Polizei anders sehen!"

„Die Kripo hat mit der normalen Polizei wenig zu tun. Außerdem brauche ich mich vor niemand zu rechtfertigen. Kommt mir einer blöd, kann er auf Gyaros Strafzettel verteilen."

„Auf Gyaros gibt es gar keine Autos", sagte Stef und grinste.

„Erster Test bestanden. Aber natürlich sind solche Ermittlungen eher selten. Du brauchst eine eigene Beschäftigung, irgendwas als Selbstständiger ..."

„Also: ich habe die sechs Wochen in der Klinik genutzt, um dieses grässliche Buch durchzuarbeiten", sagte Stef und deutete auf das *Handbuch der Kriminalistik*.

Angelos lachte.

„Das habe nicht mal ich gemacht. Mir geht es nur darum, dass du zufrieden bist. Das schaffst du nur, wenn du die Bestätigung hast, etwas Eigenständiges ..."

„Ich weiß, was du meinst. Mein Bruder, das Computergenie, hatte ein paar Superideen, aber keinerlei Interesse an der Umsetzung. Da ist schon etwas in der Pipeline."

„Keine Eile. Es sollte nur legal sein", meinte Angelos und grinste.

„So legal wie deine Ermittlungen?", fragte Stef grinsend zurück.

„Touché. Gut. Es eilt wirklich nicht. Keine

Probleme – also feiern wir!"

„Nach deinen ekstatischen Zuckungen im Auto würde ich vorschlagen, dass wir ins *Alemagou* gehen!"

„Du bestimmst", sagte Angelos. „Aber wie kommen wir hin? Der Stau ist in beiden Richtungen!"

„Dann parken wir in Ano Mera und laufen runter", meinte Stefanos.

Er schaute in ein entsetztes Gesicht.

„LAUFEN? Wir sind Griechen. Wir laufen nicht. Wir radeln nicht. Wozu auch. Ich hätte einen anderen Vorschlag: das Polizeiboot braucht dringend eine Bewegungsfahrt. Ich glaube, die findet heute um 23 Uhr statt. Kostas holt uns hier ab und fährt uns in die Ftelia-Bucht. Am besten direkt an den Strand des *Alemagou*", sagte Angelos.

Stef bog sich vor Lachen.

„Das ist dekadenter als bei den Scheichs – und ich liebe dich dafür. Wir werden verdammt viel Spaß haben!"

4

Murder *off* the dancefloor – Vol. 1

Verschwindet von hier!", schrie der
Security-Mann. „Was glaubt ihr, wer ihr
seid?"
Kostas drückte auf den Knopf und das Blaulicht
ging an.
„Man nennt uns für gewöhnlich Polizei", sagte
Angelos und sprang mit Stef aus dem Boot.
„Danke, Kostas. Du musst nicht warten. Wir …"
„Von wegen. Ich will sehen, wie mein Chef
getragen werden muss, weil ihm die Kondition
ausgegangen ist!"
Angelos grinste.
Das ganze Ausmaß des Hypes hatte sich ihm
schon bei der Einfahrt in die Bucht von Ftelia
gezeigt. Das *Alemagou* hatte sich auf die
vierfache Fläche ausgedehnt. Der Parkplatz
war nun geteert, garniert mit einer zusätzlichen
Tanzfläche und mehreren Bars. Ohne Parkplatz
parkten die Gäste oben auf der Straße und
unten am Strand, manche sogar im Wasser.
„Bring uns zu Spyros!", sagte Angelos.
Am Rande der Menge gelang es Ihnen mit
Mühe zur Rückseite zu kommen. Der Mann in
der unvermeidlich schwarzen Kleidung – verziert
mit Sonnenbrille – klopfte an eine Türe und
öffnete sie.

„Was soll das?", brüllte ein Mann um die Sechzig mit grauem Haarkranz.

„Oh, A-angelos. Äh, willkommen. Ich weiß, dass es ein Chaos ist. Die Straße, der Strand …"

Er zuckte mit den Schultern, als wäre er vom Schicksal geschlagen.

„Hm. Aber Parkplatz teeren und neue Bars aufstellen ging?"

„Äh, äh. Ich …"

„Entspann´ dich. Ich bin privat hier. Darf ich vorstellen? Spyros Armenakis, Besitzer dieser Gelddruckmaschine und das ist …"

„Stefanos!", sagte Spyros und gab Stef die Hand. „Wir kennen uns. Ich habe ihn mal aus dem Club gefischt. Er war dreizehn!"

„Aber er hat nicht meinen Vater angerufen, sondern mich nach Hause gefahren", sagte Stef. „Dafür wird der Kommissar das Blockieren der Straße gerne übersehen!"

„Wird der Kommissar das?", fragte Angelos.

„Bestimmt. Wir sind ja privat hier", sagte Stef und grinste breit.

„Er hatte es schon damals faustdick hinter den Ohren", sagte Spyros.

„Ich frage mich, was Vikakis denkt", sagte Stef. Kostas Vivakis. Besitzer des *Tropicana*.

Spyros grinste.

„Laut meinen Spionen wechselt er zwischen Heulkrämpfen und Tobsuchtsanfällen!"

„Schadet nicht", knurrte Angelos.

Vivakis hatte eine Bühne ins Meer bauen lassen – am darauffolgenden Tag hatte Kommissar

Nikakis das *Tropicana* geschlossen.

Danach war das Verhältnis, nun ja, sagen wir: schwierig.

„Gut. Dann stürzen wir uns jetzt ins Getümmel", sagte Kommissar Nikakis.

„Wartet! ALI! Zwei Plätze für den Kommissar an der VIP-Bar", befahl Spyros.

„A-aber ..."

„Schmeiß zwei der Scheichs raus. Gehen mir eh schon auf den Sack! Na dann: viel Spaß!"

Kurz darauf hatten Angelos und Stefanos ihre Plätze an der Bar der Schönen und Reichen mit Blick auf den DJ und den Pöbel unten.

Gott sei Dank habe ich Ear-Plugs dabei, dachte Angelos.

„Wollen wir?", fragte Stef.

„Aber sowas von", antwortete Angelos.

Sechzig Minuten später hing Kommissar Nikakis über der Theke der Strandbar unten am Wasser. Stef umarmte ihn von hinten.

„Ich bin klatschnass", sagte Angelos.

„Eben drum. Dein Ex hatte übrigens recht: du riechst nach Pfirsich. Und da ich Pfirsiche liebe, schiebe ich dir jetzt dein T-Shirt hoch und lecke dir über den Rücken. Oder ist dir das peinlich?"

„Nicht im Mindesten!"

Doch im gleichen Moment fiel Kommissar Nikakis etwas auf.

An der Schwingtüre standen ein älterer und ein junger Kellner sowie DJ Dim Gio. Letzterer hatte wohl das Zepter kurzfristig an den Lightjockey abgegeben.

Die drei stritten sich. Der ältere Kellner schob den Jüngeren zurück in die Bar und der DJ zog wild gestikulierend von dannen.

„Um was ging´s denn?", fragte Angelos, als der Barmann wieder ins seiner Nähe stand.

„Wüsste nicht, was Sie das angeht!"

Angelos zückte seinen Ausweis.

„Mich geht fast alles etwas an!"

„Oh. Äh. Ach, nichts Ernstes. Mein junger Kollege ist in den DJ verknallt und schnallt nicht, dass der ihn nur benutzt und bei der erstbesten Gelegenheit in die Wüste schickt. Ich verstehe nicht, warum ein junger Kerl auf so einen alten Dackel steht!"

Angelos grinste und fragte Stef laut:

„Warum stehst du auf so einen alten Dackel wie mich?"

Erst jetzt sah der Kellner Stef und lief knallrot an.

„Sorry. I-ich, äh …"

„Passt schon. Der DJ ist wohl drei Mal so alt wie sein Liebhaber", meinte Angelos. „Bei uns ist es lediglich das Doppelte!"

„Der Kleine ist noch so jung – und dumm. Egal. Noch einen Shirley Temple?"

„Jup. Zwei", sagte Angelos und schaute in Richtung des jüngeren Kellners.

Ein Bauchgefühl sagte ihm, dass es mit dem Jungen noch Ärger geben würde.

5

Murder *off* the dancefloor – Vol. 2

Jetzt zieh dich endlich aus", schimpfte DJ Dim Gio.

Er und der jüngere Kellner namens Antonis Christakis hatten das *Alemagou* gegen 5 Uhr 30 verlassen und hatten nun ihr Ziel erreicht: das Studio des DJs in Lia. Das große Appartement sah aus wie eine Melange aus Müllkippe, Junggesellenbude und Aufnahmestudio.
Ein Mittfünfziger mit einer Wohnung wie die eines 18-jährigen.
Apropos 18. Sein Begleiter, Antonis hatte die Woche zuvor Geburtstag, aber natürlich war dies DJ Dim Gio entfallen.
Antonis hatte sich endlich fast vollständig entkleidet, als er zu Quengeln begann.
„Du wolltest dir doch meinen Remix anhören. Du hast es versprochen!"
Der DJ verdrehte die Augen. Erst musste der Pausenfick im Kühlraum ausfallen, weil der ältere Kellner den besorgten Vater gespielt hatte – und jetzt nervt der Kleine auch noch.
„Hör ihn dir halt jetzt an", nervte Antonis weiter.
„Also gut. Schick ihn mir nochmal aufs Handy!"
Die riesigen Boxen spuckten die ersten Töne aus.
And the beat goes on. Whispers.

Gute Grundlage, dachte DJ Dim Gio.

Dann folgte *I´m alive*.

Genial. Dim Gio schaltete schnell.

„Äh. Nette Idee, aber es fehlt noch etwas der Drive. Wir arbeiten nächste Woche dran!" Antonis strahlte.

Oh du kleiner Idiot. Bis dahin ist es *mein* Mash-up – und ich habe einen neuen, willigen Kellner – oder Touri. Vielleicht mal wieder eine Frau?

„Können wir jetzt?", fragte Dim Gio gereizt.

Endlich lag Antonis vor ihm.

Just in diesem Moment flog die Tür aus den Angeln und zwei maskierte Männer standen im Raum. Der Kleinere von ihnen hatte eine Bohrmaschine in der rechten Hand.

Der Große packte Antonis an den Füßen, zog ihn vom Bett herunter und schleifte ihn ins Badezimmer. Dort versetzte der Angreifer dem jungen Kellner noch ein paar Tritte in die Nieren. Dann nahm er den Schlüssel und sperrte von außen ab.

Während all dem lag DJ Dim Gio zitternd im Bett. Er verstand nicht, was gerade passierte. Nun wieder zu zweit, zogen sie den DJ vom Bett. Er knallte bäuchlings auf den Steinboden. Der kleinere Angreifer warf sich auf den Oberkörper während der Andere ein kurzes Stück Seil aus dem Hoodie zog und den rechten Fuß des Opfers am Eisengestell des Bettes festband.

„W-was wollt ihr?", rief DJ Dim Gio.

„Gar nichts", sagte der Mann mit dem Gerät in

der Hand. Es war keine Bohrmaschine, sondern eine Nagelpistole mit langem Aufsatz.

Er gab dem Anderen das Zeichen, das linke Bein nach außen zu ziehen.

„Gute Reise. Kleine Info: es wird nicht schnell gehen. Und es wird wehtun", sagte der Nagel-Mann.

Zwanzig Minuten später öffnete einer der Angreifer die Badezimmertüre.

Antonis saß zusammengekauert in der Dusche. Er zitterte am ganzen Leib.

Die Schreie. Die infernalischen Schreie.

„Bitte nicht."

„Raus hier! Keine Sorge: für dich haben wir eine anderes Programm vorgesehen."

Antonis kroch aus dem Zimmer in den Hauptraum und sah DJ Dim Gio. Zwischen dessen Beinen hatte sich eine riesige Blutlache gebildet. Im Hintern steckte die Nagelpistole. Antonis war wie gelähmt.

Dann warfen sie ihn auf den Holztisch und zogen ihm die Hose runter.

„Du wirst diese Nacht vergessen. Wir waren nie hier, verstanden? Ansonsten machst auch du Bekanntschaft mit unserer Nagelpistole!"

„I-ich verspreche, dass ich nichts …"

„Schon gut, Kleiner. Versprechen kann man viel. Eine Warnung bedarf immer eines gewissen Nachdrucks."

Dann vergewaltigten die beiden Maskierten

Antonis Christakis und warfen ihn dann vom Tisch hinunter.

6

Grüße aus Moskau

Angelos Nikakis und Stefanos Tanos lagen quer auf dem Bett, noch immer in der Kleidung vom Abend vorher, als Angelos´ Handy brummte.

„Nimm du", knurrte Angelos und schob das Handy zu Stef.

„Vorzimmer von Kriminaldirektor Angelos Nikakis. Mein Name ist Stefanos Nika ..., äh, Tanos. Was kann ich für Sie tun?"

Stille.

Dann eine Frauenstimme, die sich wie Säure durchs Telefon fraß.

„Nikakis? Ging aber schnell diesmal!"

„Ich habe mich versprochen, gute Frau. Was darf ich dem Herrn Kriminaldirektor mitteilen?"

„Sagen Sie dem *Herrn Kriminaldirektor*, dass es eine Leiche gibt. Lia. Zweite Straße rechts, bis zum Ende!"

„Und Sie sind sich sicher, dass es ein Mord ist? Sonst wäre der *Herr Kriminaldirektor* nämlich nicht zuständig", sagte Stefanos betont freundlich.

„Ich bin mir sicher, denn dem Mann steckt eine Nagelpistole im Hintern, Herrgott!"

„Gut. Wir sind gleich da."

„WIR??", sagte die Frauenstimme.

„Jup", antwortete Stefanos und wischte über den roten Punkt.

„Was ist denn das für eine Krawallschachtel?", fragte er Angelos.

„Maria. Astinomia. Normale Polizei. Mach bitte Espresso. Ich dusche derweil. Dann tauschen wir."

Kommissar Nikakis torkelte durchs Haus in Richtung Dusche.

Fünfzehn Minuten später trafen die beiden am Tatort ein.

Als Stefanos ausstieg, rief Maria:

„Was bitte macht ein Minderjähriger am Tatort?"

Angelos´ Blutdruck stieg, aber Stefanos klopfte ihm auf die Schulter und ging auf Maria zu.

Er lächelte sie breit an.

„Hat Ihr Hexenbesen auch ein Blaulicht? Ist eine rhetorische Frage. Wenn Sie das Gesicht des Kriminaldirektors sehen, dann erkennen Sie eine Karte des Epirus. Die albanischen Berge. Brr. Kalt. Dort wird zufällig eine Stelle frei. Und Sie sind seine erste Wahl!"

Grinsend drehte sich Stefanos um.

„Wollen wir, Herr Kommissar?"

Maria stapfte wutschnaubend davon.

Kostas hingegen prustete los.

„Ich glaube, ich mag ihn!"

„Stef! Das wird eklig", sagte Angelos, bevor sie das Appartement betraten.

Aber Stefanos war bereits drinnen.

„Oops! Cringe. Und eine ziemliche Sauerei!"

DJ Dim Gio war noch immer mit dem Fuß an das Bett gefesselt. Das Blut bedeckte mittlerweile zwei Quadratmeter der Steinfliesen.

„Nun, Stef. Folgender Vorschlag: du ziehst die Kondome über …"

„Kondome?"

„Sorry. Schutzanzug und Handschuhe. Dann nimmst du dir alle Zeit der Welt und schaust alles an. Danach sagst du mir, was dir auffällt. Ich setze mich derweil hier auf den Stuhl", sagte Angelos.

„Aber bitte nicht den Tisch anfassen", sagte Stef.

„Warum? fragte Angelos überrascht.

„Weil dort Flüssigkeit zu sehen ist!"

„Oh. Du hast Recht. Also, Herr Vize-Kommissar. Los geht´s!"

Stefanos umkreiste die Leiche.

„Die Nagelpistole im Arsch. Ich habe das schon einmal gesehen. Nennt man, glaube ich, Darts à la Russe. Eine Art von Pfählung. Die Nägel zerfetzen den Darm langsam aber sicher. Keine Chance, die Blutung zu stillen, deswegen die große Lache. Gut. Fingerabdrücke an dem Gerät können wir uns sparen. Das waren Profis – meiner Meinung nach."

26

„Alles gut. Lass dir Zeit und schau alles genau an", sagte Angelos Nikakis.

Kostas nahm die Mütze ab und setzte sich auf den Stuhl neben Angelos.

„Du kannst zurück. Die Versiegelung mach ich", sagte Angelos.

„Ich würde gern bleiben. Die Show will ich nicht verpassen. Der Anfang war schon mal vielversprechend."

Angelos lächelte.

„Was ist eigentlich mit Maria los?"

„Keine Ahnung. Sie ist nur noch … zickig. Und sie lästert. Über dich und deinen neuen Freund. Sie erzählt, Stefanos wäre minderjährig, obwohl sie genau weiß, dass das nicht stimmt. Er ist per Gerichtsbeschluss volljährig, damit sein jüngerer Bruder nicht ins Heim musste. Findet jeder richtig. Die Stimmung ist wirklich schlecht. Und du kannst dir das nicht bieten lassen. Schließlich bist du der Chef!"

„Botschaft angekommen. Erst Mordfall, dann Donnerwetter auf der Dienststelle", sagte Angelos.

Zwischenzeitlich hatte Stefanos seine Tatortbeschau beendet.

„Wir sind ganz Ohr", sagte Angelos.

„Gut. Zwei Täter", sagte Stefanos.

„Warum?"

„Bei der Methode muss jemand das Opfer festhalten und die Beine auseinander ziehen."

„Vielleicht hat der Täter ihn bewusstlos geschlagen", sagte Kostas.

„Nein. Keine Wunde oder Prellung im oberen Bereich. Das wäre bei dieser Methode auch unsinnig. Es sollte wehtun. Das macht bei Ohnmacht keinen Sinn!"

„Akzeptiert", sagte Angelos.

„Es war auch nötig, zu zweit zu sein, denn der DJ hatte Besuch. Zwei Täter – zwei Opfer! Er hatte Sex, sieht man wohl deutlich. Auf dem Laken sind gekräuselte Beinhaare. Dim Gio hat keine Beinbehaarung, ergo …"

Angelos nickte.

„Szenario. Die beiden Täter kommen rein, sehen die zwei und beschließen, einen davon zu parken!"

„Parken?"

„Sie packen Dim Gios Gast und sperren ihn ins Bad. Der hat sich in der Dusche am Boden zusammengekauert. Trockene, lose Beinhaare am Boden. Außerdem hat er sich wohl gewehrt, denn im Bad sieht es nach Kampf aus. Flaschen und Tuben am Boden. Gast ist im Bad eingesperrt. Sie wenden sich Dim Gio zu und verrichten ihr Werk. Sie könnten gehen – tun sie aber nicht. Denn der Zeuge musste zuvor noch eingeschüchtert werden."

„Warum haben sie den Gast nicht einfach umgebracht?"

„Weil sie den Auftrag hatten, nur den DJ zu töten. Ein normaler Mörder hätte wohl beide beseitigt, also waren es sicher Profis", sagte Stef.

„Klingt logisch. Weiter!", sagte Angelos.

„Sie packen den Gast. Vermutlich ein junger Mann. Ältere Männer wie Dim Gio suchen sich oft einen …"

Kostas lachte laut los.

„Nein, nein! So habe ich es nicht gemeint, Angelos. Wirklich! Außerdem habe *ich* dich gewollt", sagte Stef fast panisch.

„Ich bin keine 52, also fühle ich mich nicht angesprochen. Weiter!"

„Die Täter packen den Jungen, werfen ihn auf den Tisch. Sie drohen ihm. Und zur Verdeutlichung vergewaltigen sie ihn."

„Wie kommst du denn darauf?", fragte Angelos sichtlich zweifelnd.

„Die Spuren auf dem Tisch!"

„Vielleicht hatten der DJ und sein Besuch vorher Sex auf dem Tisch!"

„Haben wir schon auf einem Tisch gevögelt? Nein. Warum nicht? Weil es bescheuert ist. Man stößt sich an Ecken und Kanten – und meistens rutscht der Tisch weg. Nein. Außerdem ist dort ein kleiner Blutfleck – wie du siehst. Daneben eine weitere Substanz. Ich vermute Sperma. Das Blut stammt vom Opfer, das Sperma führt uns zum Täter, natürlich nur, wenn …"

„ … seine DNA registriert ist", ergänzte Angelos.

„Und wie finden wir das zweite Opfer?"

„Das ist einfach. Trotz der Verletzungen will er sofort weg…", sagte Stef.

„ … und geht ins Krankenhaus", ergänzte Kostas.

Stef schüttelte den Kopf.

„Nein. Dort müsste er seinen Namen nennen.
Dann würde die Klinik Angelos verständigen,
weil es augenscheinlich um eine Verge-
waltigung geht. Nein. Er macht etwas anderes:
er geht in eine Apotheke. Es ist vor 9 Uhr. Um die
Zeit haben nur zwei Apotheken geöffnet: eine
in der Chora und die in Ano Mera am Kiosk.
Dort holt er … sagen wir: Mullbinden, Tampons,
Antibiotikum. Was er nicht weiß: Apotheken
müssen an der Ausgabe eine Frontalkamera
haben. Ich tippe auf Ano Mera!“
Stille.
„Was ist?“, fragte Stef.
Kostas klatschte und sah zu Angelos.
„Du kannst in Rente – und ich fahre zu der
Apotheke in Ano Mera!“
Mit breitem Grinsen verließ Kostas den Tatort.
Angelos legte den Arm um Stef.
„Wie soll ich es mit jemandem aushalten, der
intelligenter ist als ich?“
„Red keinen Unsinn!“
„Klar ist, dass Kostas alles, wirklich alles, auf dem
Revier wiederholen wird. Damit wäre das
Akzeptanzproblem passé. Aber: wir finden
sicher das zweite Opfer – nur: das führt uns
noch nicht zum Täter. Selbst seine DNA wird uns
wahrscheinlich nicht helfen. Die üblichen
Verdächtigen – Verwandte – können wir
vergessen. Bleibt das berufliche Umfeld …“
„ … und das ist bei einem DJ riesig“, sagte Stef.
„Jup. Dann legen wir mal los mit dem
Standardprogramm. Du machst die Fotos, ich

nehme die Proben der Flüssigkeiten", sagte Angelos.

„Und die Haare", antwortete Stef.

Angelos grinste.

„Die blöden Fragen wollte ich nicht vor Kostas stellen: wer holt die Leiche, was passiert mit ihr und vor allem: wer putzt die ganze Sauerei hier?"

„Die Leiche holt die Klinik und dort wird sie auch gelagert. Bis zur Freigabe und Beerdigung. Gibt´s keine Angehörigen, kommt die Leiche in ein Sozialgrab bei Athen. Das Putzen übernehmen Tatortreiniger aus Athen. Kostet um die 3.000 Euro, das hier wahrscheinlich etwas mehr. Bezahlen muss das Ganze in diesem Fall der Vermieter", erklärte Angelos.

„Bei der Sauerei unterbezahlt", meinte Stef und holte den Fotoapparat aus dem Koffer.

Es dauerte keine Stunde, bis Kostas mit einem Blatt Glanzpapier zurückkam.

„Unser Jungkommissar hatte Recht. Unser zweites Opfer hat sich Tampons, Antibiotikum und Schmerzmittel besorgt. Die Apothekerin meinte, der junge Mann sah aus, als hätte er einen Unfall gehabt."

„Eine leichte Untertreibung. Ist das das Foto?", fragte Angelos.

Er stöhnte auf.

„Der Herr Kommissar ist ein Vollidiot. Ich kenne ihn. *Alemagou*, als wir nach dem Tanzen nach draußen gingen. An der Bar habe ich gesehen, dass unser DJ Händel mit einem Kellner hatte. Es ging wohl um einen jüngeren Kollegen, der Dim Gios Liebhaber war."

„Wir müssen später ohnehin in den Club. Spyros braucht einen Ersatz – er weiß ja noch nichts." Angelos lachte.

„Glaub mir: der wusste es kurz nach dem Anruf der Putzfrau. Buschfunk."

7

Ein Mann hat Stuhlgangprobleme

Am frühen Abend konnten Angelos und Stef direkt vor dem Eingang parken.

Alles schien seinen normalen Gang zu nehmen. Kellner wuselten hin und her, trugen Kartons mit Gläsern und Flaschen. Auch an "ihrer" Bar von gestern wurde schon gearbeitet.

„Ah, die Gewinner des gestrigen Dance-Contests", sagte Pablo, der ältere Kellner und grinste. „Und dann war es wohl auch noch eine kurze Nacht! Unser DJ hat seinen Hintern in eine gefährliche Zone gehalten!"

„Sehr betroffen wirken Sie ja nicht gerade",
sagte Angelos.

„Bin halt kein Heuchler. Und die Art und Weise,
wie er Antonis behandelt hat... Gott sei Dank ist
dem Kleinen ja nichts passiert."

Angelos und Stef schauten sich an.

„Das würde ich nicht sagen", sagte Stef.

„Wieso? Im Buschfunk hieß es, Dim Gio wäre
allein gewesen!"
„Leider nicht. Ihr Kollege war wohl noch da, als
es passierte. Sie haben ihn ins Bad gesperrt und
nachdem sie mit dem DJ fertig waren ...."
„Nein, bitte nicht der Kleine", sagte der ältere
Kellner.
„Wir vermuten, dass er vergewaltigt wurde.
Leider können wir ihn nicht fragen, weil wir nicht
einmal wissen, wie er heißt", sagte Angelos.
„Und zum Dienst ist er ja auch nicht erschienen."
„Antonis Christakis. Ich wusste, dass dieser Arsch
Dimitrios ihn in die Scheiße reitet!"
„Dimitrios?"
„Dim Gio. Dimitrios Giorgios. Nicht mal
besonders originell. Egal. Das Beste wäre wohl,
wir fahren bei Antonis vorbei. Er wohnt in
Tourlos. Mir macht er bestimmt auf", sagte
Pablo.
„Sie scheinen ein besonders gutes ....", begann
Angelos.

„Nein, Herr Kommissar, ich bin nicht schwul. Bin Verheiratet, zwei Kinder. Aber Antonis und ich waren zusammen im *Solymar*. Und ... na ja, er ist ein guter Junge. Manchmal zu gut. Er ist naiv. Außerdem stammt er aus schwierigen Verhältnissen. Kein Vater, die Mutter hat nur Gelegenheitsjobs. Und als ich hierher gewechselt bin, habe ich Antonis mitgenommen. Und dann ist er Dimitrios auf den Leim gegangen. Also nein, ich habe kein Mitleid mit unserem toten DJ. Mich interessiert nur, wie es Antonis geht."

„Der Chef springt wohl gerade im Viereck - er braucht einen neuen DJ. Wo ist Spyros eigentlich?", fragte Stef.

„Nicht lachen. Er ist oben in der Kapelle. Eine Kerze anzünden. Oder ein paar mehr!"

„Eigentlich eine schöne Geste, wenn ein Mitarbeiter stirbt", meinte Angelos.

Pablo lachte.

„Eine Kerze als Dank dafür, dass er bereits einen Ersatz-DJ gefunden hat. Die zweite Kerze dafür. dass er sich jetzt die Urheberrechte für *Take your time* krallen kann. Alles in allem sehr weltlich."

Angelos grinste.

„Es ist wohl besser, wenn Stef Sie begleitet. Er kennt sich mit solchen Fällen aus. Leider. Ist das in Ordnung, Süßer? Dann würde ich mit Spyros reden. Und wenn ihr zurück seid, bleiben wir und schauen mal, was der neue DJ draufhat!"

Pablo lachte laut los.

„Unser Herr Kommissar hat ungeahnte Energie-
reserven! Oder du hast ihn wieder zum Leben
erweckt!"

Stef grinste.
„Oh ja. Ich fürchte, er hat keinen AUS-Schalter.
Aber ich will keinen anderen!"
Stef und Pablo gingen zum Auto.
„Dir ist schon klar, welches Risiko unser Kommis-
sar eingegangen ist. Die ganze Insel zerreißt sich
das Maul. Aber gerade deswegen finde ich es
cool. Mutig ist es allemal."
„Ich weiß. Er hat alles hinter sich gelassen
wegen mir. Gut, dann hoffen wir mal, dass
Antonis uns aufmacht und es ihm halbwegs gut
geht", sagte Stef.
Das Häuschen machte einen heruntergekom-
menen Eindruck und lag direkt an der Fels-
wand, die hinter Tourlos aufragte.
„Das meintest du wohl mit schwierigen
Verhältnissen", sagte Stef.
„Lass mich vorgehen", sagte Pablo
Stef nickte.
Er sah, wie sich der Vorhang bewegte,
nachdem Pablo an die Türe geklopft hatte.
Kurz danach öffnete sich die Türe einen Spalt.
Pablo deutete in Richtung Auto.
Leichtes Nicken. Stef durfte mitkommen. Gut
gemacht, Pablo.
Stef folgte Pablo in das abgedunkelte Haus.
Eigentlich war es nur ein kleines Zimmer. Bett,
Tisch, Stuhl, Kochplatte, kleiner Röhrenfernseher.

Antonis war ein hübscher junger Mann, allerdings sah er aus, als wäre er gegen einen LKW gerannt.

„Antonis, das ist ...", sagte Pablo.

„Ich weiß, wer er ist. Im Gegensatz zu mir hat er den Traumprinz abbekommen. Aber so ist das mit den Reichen und Schönen. Bei mir hat's nur zum Fickhäschen eines DJs gereicht. Und dann die Scheiße heut Nacht!"

Antonis verzog das Gesicht und stöhnte auf.

„Du warst also da, als es passiert ist?", fragte Pablo. Stef kannte die Antwort schon.

Antonis setzte sich vorsichtig auf das Bett. Auf dem Tisch standen Tabletten und eine Packung Kleenex. Neben dem Bett lagen auf dem Boden verstreut blutige Taschentücher.

„Auch bei den Reichen und Schönen gibt es Abgründe. Wir vermuten, du wurdest gestern vergewaltigt. Als Warnung", sagte Stef.

Antonis schnaubte.

„Wenn das nur eine Warnung war, möchte ich die Steigerung mir nicht mal vorstellen!"

„Antonis, ich bin fünf Jahre lang von meinem Vater und meinem Onkel vergewaltigt worden. Ich weiß, wie es ist. Die wichtigste Frage ist, ob du ärztliche Hilfe brauchst. Wenn die Blutungen aufgehört haben und du kein Fieber hast, sollte das alles hier reichen - zumindest aus medizinischer Sicht. Wenn du in der Lage bist, uns etwas über heute Nacht zu erzählen? Nur wenn es geht."

„Da gibt es nicht viel zu erzählen. Ich lag bäuchlings auf dem Bett. Richtig gesehen habe ich wenig. Die Tür flog aus den Angeln. Man zog mich an den Füßen vom Bett runter, ich bekam Schläge - und schon war ich im Bad eingesperrt. Dann hörte ich Dims Schreie."

Antonis schüttelte den Kopf.

„Diese Schreie. Ich wusste nicht, dass ein Mensch so schreien kann. Wie ein Tier. Und es hat endlos gedauert. Ich habe mich in der Dusche verkrochen und mir die Ohren zugehalten. Und gezittert. Ich wusste ja nicht, ob ich als nächstes drankommen würde. Die Türe ging auf. Wieder Schläge und dann haben sie mich auf den Tisch geworfen. Mir gedroht, dass ich alles vergessen sollte, was passiert ist. Dabei habe ich gar nichts richtig gesehen oder gehört – außer den Schreien. Und dann haben sie mich ... danach haben sie mich vom Tisch geworfen und sind abgehauen."

„Wann bist du weg?", fragte Stef.
„Keine Ahnung. Filmriss. Ich muss wohl in einer Apotheke gewesen sein. Nicht mal daran kann ich mich erinnern. Nur eines weiß ich: der zweite hatte einen Schwanz wie ein Ofenrohr. Gesprochen haben sie fast nichts. Es war Griechisch, aber mit Akzent!"
„Das reicht erstmal", sagte Stef. „Und es gibt sogar eine gute Nachricht!"

Antonis lächelte gequält.

„Das wäre die erste in meinem beschissenen Leben!"

„Wir haben bei Dim 20.000 Euro in bar gefunden. Er braucht sie nicht mehr und Erben gibt es wohl nicht. Also dachten Angelos und ich, dass du das Geld bekommen solltest. Außerdem gehören meiner Familie noch einige Wohnungen in Kalafati. Eine davon ist frei. Sie wird deine. Pablo hilft dir sicher beim, äh, Umzug. Nein, besser du kaufst ihm neue Möbel und noch ein Quad. Das kriegt ihr zwei schon hin, oder?"

„Ganz bestimmt", sagte Pablo.

Antonis hingegen brachte den Mund nicht mehr zu.

„Reich und schön hat auch seine Vorzüge. Gut. Dann fahren wir mal zurück zum *Alemagou*", sagte Stef und schob Pablo nach draußen.

„Danke. Das ändert alles für den Kleinen", sagte Pablo.

„Nein. Wenn die Wunden verheilt sind, geht der Horror erst los. Ich weiß, wovon ich rede", meinte Stef.

„Wie überlebt man dann so etwas?"

„Mit loderndem Hass. Und dann hatte zumindest ich Glück: ich traf Angelos. Also scheint auch Liebe ein probates Mittel zu sein!" Sie fuhren auf der Umgehungsstraße vom Hafen den Berg hinauf, doch schon hinter der Kuppe - und damit vor dem Kreisverkehr - bremste sie ein Stau aus.

„Es ist 20 Uhr. Niemand geht um diese Zeit in den Club. Nicht mal in den letzten zwei Wochen seit Beginn des Hypes", sagte Pablo.

„Ausgenommen Tage, an denen DJs ausgeweidet werden. Dann bekommt die Club-Nacht noch den nötigen Gruseltouch", sagte Stef. „Gut. So kommen wir nicht weiter!"

Er tippte auf dem Screen auf Emergency. Der SUV wurde zur Lichtorgel, gepaart mit einem Höllenlärm. Selbst der bockigste Grieche machte sofort Platz, um diesem Terror zu entgehen.

„BITTE SCHALT DAS AUS", schrie Pablo.

Stef deutete auf sein Ohr, zuckte mit der Schulter und grinste.

8

Trauer à la Mykonos

Während Stef und Pablo mit Antonis sprachen, machte sich Kommissar Angelos Nikakis im *Alemagou* auf den Weg, den Big Boss zu suchen.

Er wurde fündig.

Spyros Armenakis schlenderte die Straße herunter - mit einem Päckchen Kerzen in der Hand.

„Du wirst doch nicht die Kirche des Herrn bestohlen haben", sagte Angelos.

„Ich habe nur Duftkerzen und die sind mit Pfirsich-Flavour für diesen Anlass etwas unpassend. So können die Mitarbeiter und Gäste eine Gedenkkerze anzünden. Habe extra einen Tisch mit Portrait aufstellen lassen", sagte Spyros.

„Und sofort auf Instagram gepostet. Früher nannte man das Fledderei, heute heißt es Social Media Competence", knurrte Angelos.

„So ein Unfall hat auch seine guten Seiten", sagte Spyros.

„Mord. Kein Unfall. Außerdem wurde einer deiner Kellner schwer verletzt. Antonis Christakis."

„Antonis wer? Nie gehört. Du kannst nicht erwarten, dass ich alle Mitarbeiter beim Namen kenne", sagte Spyros.

„Natürlich nicht", spottete Angelos. „Aber ich bin schon beeindruckt. Dein DJ wird um 6 Uhr ermordet. Du erfährst davon um 8 Uhr, schätze ich, und wahrscheinlich hattest du schon mittags einen Ersatz. Wer ist der Nachfolger?"

„Pablo Lopez!"

„Wie bitte? Lopez legt doch im *Tropicana* auf", sagte Angelos. „Jedenfalls hat er es gestern noch getan."

„Angelos. DJs sind wie Huren. Du wedelst mit den größeren Scheinen und schwupps cancelt die Dame ihren Service beim ursprünglichen Kunden und hüpft mir dir ins Bett. So läuft dieses Business. Du darfst nicht vergessen: DJs habe ein kleines Zeitfenster, um möglichst viel Geld zu verdienen. Der Hype um sie dauert maximal ein paar Jahre. Und dann verdienen sie richtig gutes Geld nur in der Sommer-Saison. Und viel Kohle machen sie nur auf Mykonos oder Ibiza. Auftritte in Clubs im Winter sind deutlich schlechter bezahlt. Aus all diesen Gründen lohnt sich Treue für sie nicht."

„Vivakis wird ausflippen", sagte Angelos. „Erst verliert er die Hälfte seiner Gäste und jetzt noch seinen DJ!"

„Er ist bereits ausgeflippt. Er rennt brüllend durch das *Tropicana* und hat mehrere Boxenständer umgeworfen", sagte Spyros.

„Woher ...?"

„Ach Angelos. Jeder, wirklich jeder Clubbesitzer hat einen Spitzel bei der Konkurrenz sitzen. So wie jeder Zuhälter die Huren des anderen im Blick hat. Uns bleibt uns auch nichts anderes übrig. Du siehst nur die Massen jetzt. Aber wir haben nur von Mitte Mai bis Mitte September geöffnet. Vier Monate, in denen die Unkosten von zwölf Monaten hereingespielt werden müssen. Du glaubst, wenn wir geschlossen haben, fallen keine Kosten an? Alles muss zwölf Monate von Security gesichert werden. Für

Wasser und Strom müssen wir einen Grundpreis bezahlen – auch in den Monaten, in denen wir nichts verbrauchen. Also verzeih´, wenn ich alles tue, um den Laden am Laufen zu halten. Skrupel, Trauer und Gutmenschentum kann ich mir nicht leisten. Und jetzt muss ich Pablo einweisen!"

Sprach´s und ließ Angelos stehen.

9

Ein Treffen im Nichts

In jedem Beruf gibt es Grundregeln, die man besser verinnerlicht, sonst ist man bald arbeitslos oder wie im vorliegenden Falle tot. Als Auftragskiller sollte man es tunlichst vermeiden, seinen Auftraggeber zu treffen. Man kommuniziert nur über Dritte. Zweite Regel: man verlässt den Tatort unverzüglich.

Allerdings: Neulinge haben diese Regeln oft nicht auf dem Schirm, denn sie haben die negativen Folgen bei Nichtbeachtung noch nicht am eigenen Leib verspürt.

Der ältere Mann lehnte am Türstock der Ruine und lächelte. Das Haus hatte außer vier Wänden und einer Treppe im Inneren, die nur in den Himmel führte, alles an den Wind verloren.

Eigentlich war es unfassbar. Während Mykonos von Touristen fast überrannt wurde, war der Nordosten menschenleer, was auch seine Gründe hatte: es war eine mondähnliche Landschaft ohne Strände und die Straßen verdienten diesen Namen nicht. Dabei konnte Metallia, wie die Gegend genannt wurde, mit einer Attraktion aufwarten: den Resten der alten Bergwerksiedlung.

Ein Dorf wie im Wilden Westen – nur aus Stein. Alles andere hatte der unbarmherzige Wind schon in die Vergangenheit geblasen.

Die Staubwolke, die am Bergrücken zu sehen war, zeigte dem Mann, dass die zwei Killer Prinzipien der Gier unterordneten. Gut so.

Der graue Peugeot hielt 200 Meter vor der Ruine, da auch die alte Straße unbefahrbar geworden war. Die zwei Auftragsmörder entsprachen so überhaupt nicht dem üblichen Klischee. Der Killer arbeitet meist alleine – was die Überlebensrate drastisch erhöht, ist meist hochintelligent und penibel. Das Duo war schlampig gekleidet, muskulös und die Gesichter grobschlächtig. Der alte Mann tippte auf Schläger, die einen beruflichen Wechsel vorgenommen hatten – ohne die Regeln zu beachten.

„Danke, dass Sie meiner Einladung gefolgt sind!"

„Machen wir normal nicht", knurrte der Größere.

Bulgaren oder Ukrainer, dachte der ältere Mann.

„Nun, in diesem Kuvert sind nochmal 30.000 Euro. Außerdem hat die Polizei keinerlei Ahnung. Es ist also risikolos. Ich wollte nur wissen, ob alles wie geplant verlaufen ist!"

Die beiden Männer sahen sich an.

„Die alte Schwuchtel ist tot – und es hat wie gewünscht etwas gedauert. Er hat gequiekt wie ein Schwein."

„Gut. Und er war alleine", sagte der ältere Mann.

Der Größere der Auftragskiller zögerte.

„Nun ja. Es war noch ein Mann da. Jünger. Aber auch das hatten wir ja besprochen. Wir haben ihn im Bad eingeschlossen, während wir uns …"

Der ältere Mann bekam einen Schweißausbruch und Herzrasen. Verdammt. Das hätte nicht passieren dürfen.

„Ein bisschen härter mussten wir danach werden. Unserer Erfahrung nach wirken Drohungen meist nicht – außer sie werden mit einem gewissen Nachdruck garniert."

„Was habt ihr getan?", fragte der ältere Mann mit lauter Stimme.

„Wir haben das getan, was er auch mit dem alten Sack getan hätte. Wir haben ihn gefickt. Keine Sorge: er hat es überlebt, aber ich denke, er hält dicht. Sonst bekommt er auch eine Nagelbehandlung."

Dem älteren Mann wurde schwindlig, aber er hatte sich im Griff.

„Na gut. Hier ist das Kuvert mit dem Geld. Keine Sorge wegen der Fähre. Wie gesagt: keiner kennt euch, keiner hat euch auf dem Schirm."

Der größere Attentäter nickte, nahm das Kuvert und ging zusammen mit seinem Kollegen zurück zum Wagen.

Verdammt, dachte der ältere Mann, der sich wieder an den Türrahmen lehnte.

Er sah den Auftragsmördern hinterher.

Offensichtlich war der Größere der Fahrer.

Man hörte nur ein leises Pfeifen und der Schädel explodierte. Der Zweite stand wie gelähmt da. Ein Profi wäre sofort in Deckung gegangen. Noch ein Pfeifen und dann war auch Nummer 2 kopflos.

Der ältere Mann nickte und ging in die Ruine hinein. Ein jüngerer Mann kam die Treppe herunter.

„Erledigt, Onkel. Ich fahr dann mal!"

„Danke, Nikos. Und grüß den Rest. Und die Heimat!"

10

Ein müder Kommissar

Die zweite Beachclub-Nacht in Folge hinterließ einen Kommissar mit erschreckenden Blutwerten und dem unbändigen Wunsch zehn Jahre zu schlafen. Dementsprechend verorgelt wankte Angelos auf die Terrasse. Offensichtlich war die letzte Nacht auch an Stef nicht spurlos vorüber gegangen. Er trug eine Sonnenbrille, um die Augenringe zu verdecken.

„Setz dich, Großer. Espresso kommt. Samt Zitrone-Ingwer-Smoothie!"

„Und eine Infusion bitte", sagte Angelos. Er visierte das Handy an und befahl ihm, heute keinen Ton von sich zu geben. Doch das Handy gab Widerworte – und vibrierte.

Grinsend nahm Stef das Handy an sich.

„Der Herr Kommissar ist heute indisponiert", sagte er.

„Dann sollte er aufhören, den Dancing King zu spielen. Zwei Leichen. Metallia, am alten Bergwerk"

Es war Maria. Wie immer schnippisch.

„Vielleicht doch Selbstmord?", fragte Stef.

„Wohl kaum. Es handelt sich um verkürzte Leichen."

„Verkürzt?", fragte Stef. „Was fehlt denn? Die

Beine oder was?"
Die Stimme am Telefon schnaubte.
„Die Köpfe fehlen!"

11

Leichen mit Lüftung

Stef lehnte sich an die Mauer der Ruine und übergab sich im Stakkato. Und tatsächlich waren die beiden Leichen ein grenzwertiger Anblick: ab dem Unterkiefer aufwärts war gähnende Leere.

„Hat man die gezwungen, auf eine Handgranate zu beißen?", fragte Stef, als er zum Fundort der Leichen zurückwankte.

„Könnte man meinen", sagte Kommissar Nikakis. „Zumindest war das ein überzeugendes Kaliber. Hab ich schon mal gesehen, aber ich weiß nicht mehr, wo."

Zwei Kollegen der Astinomia standen in 50 Meter Entfernung bei ihrem Wagen. Sie hatten ihren Brechmarathon schon hinter sich.

„Wer sind nun die zwei Herren ohne Kopf?", fragte Stef.

„Keine Touristen. Die Kleidung ist dafür zu schäbig. Klobige Schuhe und Holzfällerhemd, dazu Jacke."

„Aber auch keine Bauarbeiter. Das sind keine Arbeiterhände", meinte Stef.

„Gut beobachtet, Kleiner. Ich tippe auf Rumänen, Bulgaren oder Albaner. Die Frage ist: was haben die hier zu suchen? 99% der Mykonier waren noch nie hier!"

Kommissar Nikakis winkte die beiden Polizisten zu sich.

„Schnappt euch den Metalldetektor aus dem Mercedes und sucht den Bereich hinter den Leichen ab. Bis 300 Meter. Vielleicht haben wir Glück und finden Reste des Projektils!"

„Vage These: könnten das unsere beiden Killer sein? Es wird niemand vermisst. Andererseits spricht es nicht für die Fähigkeiten eines Auftragsmörders, sich den Kopf absprengen zu lassen", sagte Stef.

Angelos grinste.

„Wie sage ich immer? Unterschätze nie die Dummheit von Menschen. In dem Fall auch deren Gier. Vielleicht hat der Auftraggeber des Mordes an Dim Gio Zeugen beseitigen wollen oder lassen."

„Er hat sie hierher gelockt. Womit?"

Angelos verdrehte die Augen.

„Kohle. Ein Bonus für gute Arbeit. Irgendetwas in der Richtung. Gut. Es lässt sich leicht feststellen, ob das unsere Täter sind!"

„Stimmt. Wir haben eine DNA vom Tisch", sagte

Stef.

„Dauert zu lang. Geht viel einfacher. Kranken-
wagen rufen und dann Leichenbeschau",
sagte Angelos, als einer der Polizisten winkte.
„Das sieht nach Projektil aus. Außerdem hängt
da so ein weißer Glibber", sagte einer der
Beamten und übergab sich erneut.

Vorsichtig tütete Angelos den Fund ein.
„Szenario?", fragte Stef.
„Zwei Personen. Der Auftraggeber des DJ-
Mordes erwartet die zwei hier, gibt ihnen ihr
Extrageld und dann erschießt ein weiterer
Mann von der Ruine aus die beiden Kopflosen
auf ihrem Weg zurück zu ihrem Auto. Die
Treppe ins Nichts im Inneren ist dafür ideal.
Freies Schussfeld bei gleichzeitiger Deckung."
Kommissar Nikakis schaute sich den Inhalt der
Spusi-Tüte genauer an.
„Das könnte zu einem G 43 passen, das wäre
Kaliber 7,92/57. Jetzt weiß ich auch, wo ich eine
ähnlich zugerichtete Leiche schon gesehen
habe; das war auf Kreta!"
„Erleuchte mich bitte", sagte Stef.
„Deutsches Scharfschützengewehr aus dem
Zweiten Weltkrieg. Davon gibt es noch Hunder-
te in den wenigen Gebieten, die deutsch
besetzt waren", sagte Angelos. „Besonders
viele davon auf Kreta."
„Ich dachte, ganz Griechenland war unter
deutscher Besatzung?", fragte Stef.
„Das glauben viele. Aber nur zehn Prozent

Griechenlands waren deutsch: Saloniki, Athen und Ost-Kreta. 80 Prozent waren italienisch, dazu gehörte auch Mykonos!"

„Aha. Und wie kommt dann dieses Gewehr hierher?", fragte Stef.

„Als Gepäck eines Kreters, der einen Besuch auf Mykonos macht, um zwei Killer zu erledigen. Warten wir auf die Ballistik. Und jetzt zur Klinik", sagte Angelos.

Der Raum im Keller der Hygeia-Klinik war zu klein, um zwei Leichen aufzunehmen, trotz deren Verkürzung.

Daher fingen Kommissar Nikakis und Stef mit dem Kleineren an.

Angelos reichte Stef die Maske und sprühte sie mit Lavendelduft ein.

„Wozu?", fragte Stef. „Es – oder er – riecht gar nicht."

„Dann warte, bis ich seine Hose geöffnet habe", sagte Angelos und tat es.

„Um Gottes Willen", meinte Stef. „Was ..."

„Ganz einfach. Wenn du stirbst, erschlaffen alle Muskeln und sämtliche Körperöffnungen werden zur offenen Tür. Heißt: die Leiche scheißt und pisst sich ein, meist garniert mit dem strengen Geruch von geronnenem Blut. Liegt am Eisen. Komm und hilf mir die Jeans herunterzuziehen."

„Ungern", sagte Stef, half aber mit.

„Und jetzt die Unterhose!"

Stef schüttelte den Kopf.

„Nimm die Schere!"

Mit größtmöglichem Abstand schnitt Stef die Shorts auf.

Was dann herausploppte war der Penis eines Esels.

„Himmel. Der ist ja größer als deiner", sagte Stef.

„Aber längst nicht so ästhetisch", meinte Angelos. „Damit wissen wir, dass der Herr einer der Killer war."

„Wieso das denn?"

„Weil unser kleiner Kellner …"

„… Antonis", fügte Stef ein.

„… bei eurem Gespräch sagte, dass der zweite Vergewaltiger den Penis eines Ofenrohrs hatte. Kommt ziemlich hin. Also können wir uns das Geld für den DNA-Test sparen. Gut, wir legen beide übereinander."

„Bitte? Das ist irgendwie … schräg."

„Keine Sorge. Den Herren steht der Sinn nicht mehr nach Kuscheln", sagte Angelos.

12

Hauptgewinn: eine Reise nach Epirus

Die Stimmung auf der Polizeistation am Flughafen war sichtlich angespannt, als Kommissar eintraf.

Kostas verdrehte die Augen.

Maria hatte offensichtlich wieder das Betriebsklima in den Frostbereich geschickt.

„Maria! In mein Büro", knurrte Angelos und ließ sich in seinen Sessel fallen.

„Was zum Teufel ist mit dir los? Ich erkenne dich nicht wieder!"

„Dasselbe könnte ich von dir sagen", antwortete Maria mit einem Gesichtsausdruck, der Angelos´ Blutdruck steigen ließ.

„Klare Ansage von mir: kein Chef der Welt kann es akzeptieren, dass eine Angestellte bewusst Lügen verbreitet oder Gerüchte in die Welt setzt. Ich weiß, dass du gegenüber Dritten gesagt hast, ich sei mit einem Minderjährigen zusammen!"

„Nun, er ist 17 – oder etwa nicht?"

„Die Volljährigkeit hängt laut Gesetz nicht vom Alter ab. Volljährig ist jeder, der 18 wird, oder – ODER – von einem Gericht für volljährig erklärt wird. Und das war bei Stef der Fall – um zu verhindern, dass sein jüngerer Bruder ins Heim muss. Markos ist Autist. Ein Heim hätte ihn umgebracht. All das hat das Gericht so gesehen wie ich!"

„Klar. Mantzaris ist dein Freund", ätzte Maria.

Angelos wurde zunehmend wütend.

„Du unterstellst einem Richter, dass er Entscheidungen aus Gefälligkeit trifft? Vorsicht. Ganz dünnes Eis!"

Maria zuckte mit den Schultern.

„Man sollte nicht unerwähnt lassen, dass dein Freund ein Mörder ist!"

„Stef. Er heißt Stef. Und das Verfahren wurde eingestellt. Ich habe die Entscheidung darüber extra an das Landgericht auf Syros verwiesen, um eben diesen Gerüchten den Boden zu entziehen. Im Übrigen hätte kein Gericht der Welt Stef verurteilt, selbst wenn er seinen Vater ermordet hätte. Das Drecksschwein hat seinen eigenen Sohn über fünf Jahre vergewaltigt und dann an den Onkel weitergereicht. Aber das Entscheidende ist: eine Beurteilung steht dir schlicht nicht zu. Basta."

„Kann ich jetzt gehen?", fragte Maria.

„Nein. Du wirst mit sofortiger Wirkung suspendiert. Und versetzt. Du kannst dich bei meinem Vorgesetzten beschweren. Wie du aber weißt, steht über mir nur noch der Innenminister. Du fängst nächsten Monat auf deiner neuen Dienststelle an."

„Lass mich raten: die liegt an der türkischen Grenze."

„Nein. In den albanischen Bergen", sagte Angelos und verließ sein Büro.

Einige Polizeibeamte hoben den Daumen.

Kommissar Angelos Nikakis holte tief Luft, als er im Auto saß.
Erledigt – und das auf elegante Weise.
Er hatte geahnt, dass Maria sich selbst zu Fall bringen würde.
Und damit ist Stef sicher.
Maria wusste zwar nicht alles, aber genug, um Ärger zu machen.
Wenn sie es denn klug angestellt hätte.
Verbündete gesucht hätte.
Doch Maria ließ ihren Unmut an den Kollegen aus, die ohnehin keine hohe Meinung von ihr hatten.
Eine Frau als Leiterin der Astinomia? Das muss ein Witz sein.
Die Begründung für die Versetzung war daher korrekt: ein gestörtes Betriebsklima.

Angelos´ Handy brummte. Stef.
„Erstens: der Ballistikbericht ist da. Du hattest recht. Es war eines dieser deutschen Gewehre. Zweitens: ich will nach Kalafati rüber. Surfen. Der Wind hat aufgefrischt. Surferboy will surfen", sagte Stef und lachte.
„Du brauchst dich nicht abmelden bei mir. Tu das, was dir am meisten Spaß macht", sagte Angelos.
„Hm. Am meisten Spaß habe ich, wenn du mich vögelst. Zehn Minuten?"
Angelos lachte.

„Ich schaffe es in acht!", sagte er und schaltete die Sirene an.

13

An old man travelling

Jimmy Jam fühlte sich prächtig. Er räkelte sich in seinem Adirondeck und genoss die Aussicht.
Santorini. Ein letzter Blick. In wenigen Stunden würden sie Mykonos erreichen und dann würde diese Kombination aus Urlaub und Arbeit in die zweite Phase münden. Danach könnte er wieder entspannen – in seiner Kabine 1. Klasse, die natürlich - entsprechend des Trends zum neuen Wording- „Imperial Superior Suite" hieß. Fünf weitere Stunden später würde die *Aegean Princess* in Piräus einlaufen.
Doch jetzt musste er sich vorbereiten und setzte sich an den Konferenztisch und klappte sein Notebook auf.
Dieses Arschloch hatte weiter abkassiert, dachte Jimmy Jam. Unfassbare 240.000 Downloads. Nicht schlecht für ein paar Stunden

Arbeit ohne eigenen Denkleistung. Mit einem geklauten Song. Von mir. Jimmy Jam.

Aber dafür würde er bezahlen müssen.

Trotz seiner 75 Jahre ärgerte er sich über das Klauen seiner Songs, auch wenn es heute Urheberrechtsverletzung hieß. Über 100 Tracks hatte Jimmy Jam in den 40 Jahren als Komponist und Producer herausgebracht, darunter einige No.1-Hits, manche mit Quincy Jones als Partner.

Früher konnte man gegen Kopieren von Songs wenig unternehmen. Schlicht, weil man es nicht erfuhr, wenn irgendjemand in Japan oder China Musikraub beging. Es lebe das Internet. Es bedarf nur einer harmlosen App, um Songs aufzuspüren, die Jimmy Jam gehörten. Selbst wenn sie in der Antarktis entstanden waren. Eine willkommene Aufbesserung seiner Rente. Jimmy Jam lehnte sich zurück.

Die SOS Band. Eine geile Zeit. Dabei war „Take your time" weder sein Lieblingssong und erst recht kein richtiger Hit gewesen.

Es klopfte.

„Zimmerservice!"

Wurde auch Zeit, dachte Jimmy Jam.

Aber offensichtlich war der Kellner neu in der 1. Klasse. Er stieß Jimmy zurück, zog eine Waffe aus dem Bund und schoss.

Der letzte Sound, den Jimmy Jam hörte, war ein „Plopp". Jetzt würde er viel Zeit haben.

Take your time. Endless.

14

Ein Schiff als Grab

Kommissar Nikakis stand kurz vor der Explosion. Schuld war Kapitän Mikis Theodorakis, der sich weigerte, den Anweisungen zu folgen.

„Sind Sie irre? Ich habe einen Zeitplan. Und 4.000 Gäste, die heute Abend in Piräus sein müssen. Sie haben Anschlussflüge und außerdem sollen wir in zwei Tagen erneut starten. Die Reederei wird ausflippen!"

„Weder Sie, noch Ihre 4.000 Passagiere werden irgendwo hinfahren. Dieses Schiff ist ein Tatort und meine Tatorte bleiben da, wo sie sind. Das übliche Verfahren bei einem Mord!"

„Wenn die Passagiere davon erfahren, dauert es fünf Minuten, bis sie begreifen, dass der Mörder womöglich noch an Bord ist", sagte Theodorakis.

„Machen Sie eine Show draus. ‚Alle suchen den Mörder'. Und jetzt schicken Sie jemand hoch, der uns eine Kabine in der Nähe des Tatorts aufsperrt. Wir brauchen ein Büro. Natürlich geht niemand von Bord! Und der Hafenmeister wird zwei Boote vor diesem Schiff in Position bringen. Nur für den Fall, dass Sie ausbüchsen wollen. Und jetzt entschuldigen Sie mich!"

Angelos Nikakis war gottfroh, als er endlich im Aufzug stand. Das ständige Gewusel in den viel zu engen Gängen und allein das Gefühl, mit 4.000 anderen Menschen in dieser Blechkiste eingeschlossen zu sein, verursachten bei ihm Beklemmungen.

Drei Mordfälle in drei Tagen. Vier Tote – der Letzte ausgerechnet auf einem Kreuzfahrtschiff. Ein Alptraum. Hinzu kam, dass die letzten Tage ihren Tribut forderten.

Auf Deck 4 angekommen passierte er die Barriere aus Servierwagen, die Kabine 412 vom Rest des Ganges trennte. Das Letzte, was er jetzt brauchte, waren Insta-Jäger, die unbedingt ein Foto eines Mordopfers ergattern wollten. Nicht, dass es nicht jemand versucht hätte.

Stefanos lief bereits im Spusi-Anzug herum. Das Opfer, ein älterer Mann schwarzer Hautfarbe lag auf dem Rücken. Ein Schuss ins Herz. Da niemand etwas gehört hatte, war klar: Handwaffe mit Schalldämpfer.

„Stef, wir können das Schiff bis maximal morgen früh 8 Uhr hier festhalten. Es ist die letzte Etappe nach Piräus …"

„… und die Vorräte reichen nicht länger. Wäre aber spaßig, wenn du bei Domino 4.000 Pizzen bestellst."

Angelos grinste.

„Und wer ist nun dieser Gentlemen?"

Stef hielt den Pass in der Hand.

„Jimmy Jam. Ami. New York. Ich google ihn gleich mal. Warte … Schau dir das an! Du wirst es nicht glauben!"
Stef reichte Angelos das Tablet.

….ist Komponist und Producer u.a. der SOS Band, deren größte Hits Take your time und vor allem Just be good to me waren.

„Die erste gute Nachricht heute. Alle Fälle gehören zusammen", stellte Kommissar Nikakis fest.

„Mit dem großen Unbekannten als Auftrag-geber der Morde", sagte Stef – doch Angelos schüttelte den Kopf.

„Kann nicht sein. Aber langsam. Unser DJ. Mörder: bekannt und tot. Auftraggeber ist derselbe, der sich hinterher der zwei Killer entledigt hat. Motiv: Zeugenbeseitigung. Sein Motiv für den Mord an Dim Gio: noch offen. Über allem steht immer die Grundsatzfrage!"

„Cui bono", sagte Stef.

Angelos nickte.

„Wer profitiert vom Tod unseres Jimmys? Denk nach!"

„Wenn Jimmy Jam die Rechte an *Take your time* hält, muss Dim Gio einen Großteil der Einnahmen an ihn abtreten. Das wäre ein Motiv. Nur: Dim Gio ist tot! Und: woher sollte er von Jimmy Jams Besuch erfahren haben?"

„Von Jimmy selbst. Ich denke, dass Jimmy schon vorher Kontakt zu Dim Gio aufge-nommen hat und ihm die Sachlage erklärt hat. Unser DJ wird auf Zeit gespielt haben. Jimmy hatte keine Lust, länger zu warten und beschloss, persönlich auf Mykonos zu erscheinen. Vorteil: er kann sich die nötigen Gerichtsbeschlüsse holen."

„Du glaubst, Dim Gio hat den Mord an ihm hier in Auftrag gegeben? Im Ernst? Von wie viel Geld sprechen wir überhaupt?"

„Markos hat sich den Laptop vorgenommen. Laut einer Excel-Tabelle waren es nach zwei Wochen 240.000 Downloads. 49 Cent pro Download."

„Nicht übel. Und was kostet so ein Attentäter *to go?*"

„Mittleres Segment um die 50.000 Euro. Heißt: der Mord hat sich bereits amortisiert."

„Hm. Dim Gio gibt den Mord an Jimmy in Auftrag. Zeitgleich beauftragt unser Unbe-kannter ebenfalls Killer, um Dim Gio zu töten. Und in allen Fällen ist der Mörder …"

„ … nur der Ausführende. Das macht es etwas schwierig. Also suchen wir zuerst den Mörder und dafür haben wir Zeit bis morgen früh."

„Herausfordernd", sagte Stef mit Recht.

„Wir brauchen deinen Bruder und seine Hacker-künste. Er muss in den Schiffscomputer und die Passagierliste besorgen. Und dann beginnt das Aussieben. Auftragsmörder kommen bei uns in der Regel vom Balkan oder Russland/ Ukraine. Zur Sicherheit nehmen wir erstmal alle Passagiere aus Europa plus Naher Osten. Könnte auch ein Türke oder Israeli sein. Dann soll er streichen: alle unter 26, denn …"

„ … Killer sind meist Berufssoldaten. Da zum Arsenal Scharfschützengewehre gehören, brauchen sie eine zusätzliche zweijährige Ausbildung. Ergibt etwa ein Alter von Mitte Zwanzig. Und über sechzig ist wohl keiner", sagte Stef.

„Eher 50. Einige werden vorher geschnappt. Die meisten aber werden von ihrem Auftraggeber oder Konkurrenten eliminiert. Hoher Verdienst, hohes Risiko. Gut. Weiter. Gestrichen werden auch alle in Doppelkabinen. Killer sind fast immer Solo-Unternehmer. Ein Partner ist immer gefährlich. So bleiben von den 4.000 hoffentlich nur etwa 100 übrig. Dann nehmen wir deren Telefonnummern und die Verbindungsnachweise der letzten drei Wochen …"

„ … und hoffen darauf, dass ein Gespräch mit Dim Gios Handy dabei ist. Das hätte vor zwanzig Jahren Tage gedauert", meinte Stef.

„Ich schätze, das schafft man in zwei Stunden. Fangen wir an!"

15

Fallwinde

Es war 17 Uhr, als das Aussieben ein Resultat ergab, dass sich die Schätzung von Kommissar Nikakis als etwas optimistisch

erwies. Als Täter kamen 163 Passagiere infrage.
„Darunter sind 78 Frauen. Sollten wir nicht ….
Gut. Dein Blick ist die Antwort", sagte Stef.
„Gut. Dann lassen wir jetzt die Software
arbeiten!"
Trotz technischer Unterstützung mussten sie pro
Suchvorgang jeweils einmal die Handynummer
eingeben,
„War Dim Gio wirklich so blöd, den Mörder
direkt zu kontaktieren?", fragte Stef.
„Und noch einmal: unterschätze niemals die
Dummheit des Menschen. Man geht davon
aus, nicht erwischt zu werden. Abgesehen
davon: ohne Zeugen und wegen des Zeitdrucks
ohne Spusi-Ergebnisse – wir haben sonst nichts",
sagte Angelos.
Doch auch Kommissare haben mitunter Glück.
Es war 19 Uhr 42, als der Computer ein Ergebnis
ausspuckte.
Igor Rakitic.
„Na wunderbar. Und was sagt uns der
Computer über unseren Klienten?", fragte
Angelos.
„Ein Mann mit einer gewissen Erfahrung.
Raubüberfall. Erpressung. Körperverletzung.
Kein neuer Eintrag seit 7 Jahren."
„Dann hat er wohl 2017 seine neue Laufbahn
begonnen", stellte Angelos fest.
„Kabinennummer 312" sagte Stef.
Angelos griff nach seinem Handy.
„Kostas? Ich brauche dich und Mihalis hier
oben. Bringt den Rammbock mit. Den Kleinen!"

„Zu Befehl, Chef."

Der Zugriff erfolgte eine Viertelstunde später. Doch die Kabine war leer.

Angelos fluchte.

„Und jetzt?", fragte Stef.

„Wir suchen unseren Klienten. Was sonst?"
Angelos griff zum Funkgerät.

„Theodorakis.? Sind Sie auf Sendung?"

„Leider. Was wollen Sie?", fragte der sichtlich genervte Kapitän.

„Zwei ganz einfache Dinge. Zuhören und nicht dazwischen quatschen. Ansonsten bleiben Sie noch 2 Tage hier. Also: Sie machen jetzt folgende Durchsage: Herr Igor Rakitic. Bitte melden Sie sich am Infodesk!"

Der Kapitän lachte.

„Wenn das unser Mörder ist: Glauben Sie im Ernst, dass der sich meldet?"

„Nein, Sie Trottel. Damit will ich ihm sagen, dass wir wissen, wer ist. Er wird versuchen, das Schiff zu verlassen. Und dann schnappen wir ihn. Weiter zuhören: 10 Minuten später machen sie eine Durchsage, dass alle Passagiere den Außenraum zu verlassen haben. Grund: eine Störung bei der Beleuchtung. Danach schalten Sie alle Lichter auf den Außendecks aus. Verstanden?"

„Wenn Sie meinen…"

Kommissar Nikakis legte das Funkgerät beiseite.

„So. Und jetzt verlassen wir das Schiff."

„Äh, ich dachte, wir suchen…."

„Nein. Herr Rakitic wird zu uns kommen."

Angelos und Stef standen auf dem Pier.

„Und was passiert jetzt?", fragte Stef.

„Wir warten, bis es dunkel ist und dann setzen wir unsere Helme auf. Die werden uns verraten, wo Herr Rakitic herumturnt."

Just in diesem Moment ging das Licht auf den Außendecks aus. Das Schiff lag im Dunkeln. Nur aus den Kabinen drang noch Licht.

„Schau! Da am Heck!", sagte Stef.

Und tatsächlich: irgendetwas bewegte sich dort. Langsam wanderte der grüne Fleck nach unten.

„Er hangelt sich an den Balkonen herunter", sagte Angelos.

„Und wenn er unten ist, setzt er sich freiwillig in unser Auto?"

„Nein. Er wird vorher abstürzen", sagte Angelos lapidar.

„Wow. Ich schlafe mit Nostradamus", antwortete Stef mit einem Grinsen.

„Zuschauen und lernen", lautete Angelos´ Kommentar.

Er schrie laut „Showtime! Steuerbord!" ins Mikrofon.

Zuerst war nur ein Grummeln zu hören, dann ein Knattern.

„Was zum Teufel ...", sagte Stef, als das Knattern immer lauter wurde – und plötzlich ein Hubschrauber am Himmel auftauchte.

Er umkreiste das Schiff und blieb auf der linken Seite in der Luft stehen, dann sank er – bis auf die Höhe des Kletterkünstlers Igor Rakitic.

Die Rotorenwinde zogen heftig am Körper des Serben. Seine Kleider blähten sich auf wie Segel.

Eine der künstlichen Böen riss seine Beine weg, nur Sekunden später knallte er wieder gegen die Bordwand.

„Autsch", sagte Stef.

„Zeit für Stufe zwei. Licht an", schrie Angelos ins Helmmikro.

Ein grelles Licht erfasste den flüchtigen Mörder. Seine Sinne liefen Amok.

Das Gezerre, der Höllenlärm der Rotoren und nun die totale Orientierungslosigkeit.

Es war zu viel.

Rakitic verlor den Halt und fiel – allerdings nicht weit. Mit einem Bein blieb er am darunterliegenden Balkongeländer hängen und wurde herumgerissen. Kopfüber knallte er gegen die Schiffswand. Das eine Bein löste sich von der Reling und dann folgte der finale Sturz.

Allerdings fiel er nicht ins Wasser. Der Rotorenwind zog ihn leicht Richtung Mole.

Und so schlug er zuerst mit dem Kopf auf dem Beton auf und glitt danach ins dunkle Meer.

„Danke, Giorgios", schrie Angelos ins Mikro und der Hubschrauber drehte ab. „Theodorakis? Sie können ablegen!"

Angelos nahm den Helm ab.

„Einsatz beendet. Mörder ermittelt und … äh … auf der Flucht verstorben!"

„Wer holt ihn da raus?", fragte Stef.

„Macht die Feuerwehr nachher!"

„Er hätte nicht sterben müssen", sagte Stef.

Angelos holte tief Luft.

„Frage: wie oft hast du in den letzten Stunden an Jimmy Jam gedacht? Ich kann es dir sagen: gar nicht. Stattdessen sorgst du dich um die Gesundheit eines Killers, der kurz zuvor einem alten Mann ins Herz geschossen hat. Das ist das Grundproblem: der Täter hat Grundrechte – aber das Opfer hatte keine. Von den Angehörigen ganz zu schweigen. Die Opfer werden meist brutal getötet, das Leben der Familien ist auch zerstört. Und ich soll den Täter mit Samthandschuhen anfassen? Nein. Ich jage einen Mörder. Ja. Töte ich ihn aktiv? Nein. Er hatte Gelegenheit, sich zu stellen. Wäre er mal zu dem Infoschalter gegangen", meinte Angelos mit grimmigem Gesichtsausdruck.

„Entschuldige, ich …"

Angelos hob die Hand.

„Stopp. Du brauchst dich nicht entschuldigen für eine vollkommen berechtigte Frage. Du sollst immer derartige Fragen stellen. Ich will wissen, was du denkst. Nur dann habe auch die Möglichkeit, dir meine Sicht der Dinge zu erklären. Keine Zurückhaltung, keine Herumdrückserei. Gerade raus. Nur so kann es funktionieren. Got it?"

Stef grinste.
„Das wird dir bald auf den Wecker gehen!"

16

Brainstorming

Angelos und Stef lagen auf dem Sunbed.
Tiefenentspannt.
„Gut. Der Sex kam in den ersten Tagen
etwas zu kurz und ehrlich gesagt hatte ich
Probleme, bei deiner Tanzorgie mitzuhalten,
aber eines muss man Dir lassen: dein Unterhal-
tungsprogramm aus Anlass des Beziehungs-
beginnes ist nicht zu übertreffen: Vom
Beachclub direkt zur ersten spektakulären
Leiche, zurück in den Beachclub, dann zu zwei
Geköpften, in die Pathologie, gefolgt vom
nächsten Opfer, zwecks Abwechslung andere
Hautfarbe. Cruiseship Jumping, ebenfalls mit
Leiche – gekrönt mit dem besten Sex meines
Lebens. Ich bin hier definitiv richtig", sagte Stef
und lachte.
„Freut mich", antwortete Angelos. „Die
Leichenfrequenz werde ich leider etwas
absenken müssen – wird ersetzt durch Sex.
Einverstanden?"

„Oh ja", meinte Stef und fuhr mit der Zunge auf Angelos´ Bauch südwärts.

Eine Stunde später war der Energielevel von Kommissar Nikakis wieder im Normalbereich.
„So, jetzt hole ich den Flipchart und dann ..."
„Ein Flip-was?", sagte Stef.
„Das ist etwas Analoges. Eine Tafel, auf der man mit ..."
„Analog ist gleichbedeutend mit rückständig!" Angelos grinste.
„Nun, vorhin hatten wir analogen Sex. Natürlich kann ich den ersetzen durch digitalen Sex. Wenn dir das lieber ist."
„Neinneinnein. Bitte streiche meinen letzten Satz. Ich freue mich auf deinen Flip ... wie-auch-immer", antwortete Stef.
„Hm. Das könnte man auch mit einer Powerpoint-Software lösen", sagte Stef, als Angelos begann, auf dem Chart zu schreiben.
„Ich präsentiere nichts. Das ist eine Auflistung der Fakten. Können wir jetzt zum Thema kommen?"
„Selbstverständlich, Herr Kommissar", sagte Stef und grinste.
„Unser Fall ist gliedert sich auf in drei Unterfälle. Dim Gio, die zwei Kopflosen und Jimmy Jam. Letzterer ist gelöst. Er ist mit den anderen nur durch die handelnde Person verbunden. Dim Gio – und der ist tot. Uns interessiert der Auftraggeber des Mordes an Dim Gio ..."

„ … der auch den Mord an den beiden .. was waren sie jetzt … Rumänen in Auftrag gegeben hat."

„Richtig. Kümmern wir uns um das Motiv. Fangen wir mit der statistischen Variante an. Familien- und Bekanntenkreis", sagte Angelos.

„Laut Telefon und Emails gibt es fast keine Kontakte. Es hat auch bisher niemand auf die Todesmeldung reagiert. Ungewöhnlich, denn normalerweise meldet sich immer jemand, sobald es mehr als fünf Euro zu erben gibt."

„Und die Songverkäufe waren zum Zeitpunkt des Mordes noch relativ niedrig", sagte Stef.

„Dennoch für Dim Gio hoch genug, um Jimmy Jam ins Jenseits zu befördern. Aber ich denke nicht, dass sich der Kreis der Verdächtigen auf Freunde und Bekannte beschränkt. Schade, denn die hohe Aufklärungsquote bei Morden beruht schlicht auf der Tatsache, dass der Mörder und das Opfer sich in den meisten Fällen gut kennen. Und so bleibt uns nur das erweiterte *cui bono*."

„Das wären alle, die wegen Dim Gio Geld verloren haben", meinte Stef. „Dann kannst du auf dein Flip-Ding die Namen aller Beachclub-Besitzer schreiben. Plus einige Barbesitzer in der Altstadt, denn wenn alle ins *Alemagou* rennen, gehe ich zum Aufwärmen nicht unbedingt in die Chora."

„Wer hat durch den *Alemagou*-Hype den größten Umsatzeinbruch?", fragte Angelos.

„Na ja. Es trifft alle zum dümmsten Zeitpunkt. Mitten in der Saison – und die dauert eh nur von Mitte Juni bis Anfang September. Davor und danach sind sie zwar auf, aber richtig Geld verdienen sie sicher nicht im Mai oder Ende September!"

„Mitte September machen die meisten schon dicht", sagte Angelos. „Außerdem gibt es einen Haken bei der Motivsuche: Dim Gios Tod hat nicht dazu geführt, dass der Hype um das *Alemagou* nachgelassen hat."

„Stimmt. Jetzt rennen alle in den DJ-Tod-Club. Und wenn wir den Tatort freigeben und Eintritt kassieren würden, wäre die Kasse voll", sagte Stef und grinste. „Plus Merchandising. Online-Nagelpistolen-Verkauf".

Mittlerweile hatte Angelos ein Dutzend Namen auf dem Flip-Chart stehen.

„So – und wem von denen trauen wir einen Dreifach-Mord zu?"

Stef lachte laut los.

„Du kennst die Antwort!"

„Ok – allen. Aber ein Fragezeichen bleibt noch: die Nagelpistole. Profikiller foltern nicht. Sie sind lediglich am Ergebnis interessiert. Schuss und schnell weg. Dass die beiden Rumänen das aus reinem Sadismus gemacht haben – unwahrscheinlich", sagte Angelos.

„Dann war es der explizite Wunsch des Auftraggebers, dass Dim Gio leidet", meinte

Stef. „Die Frage ist, ob das die Hauptmotiva-
tion war oder nur eine Art Zusatzbuchung."
„Also müssen wir die Liste abarbeiten. Und unser
einziger Anhaltspunkt ist dieses Gewehr", sagte
Angelos.

17

Eine Vagina als Alibi

Also: der Spion von Spyros meinte, im
Tropicana wäre die Stimmung unter-
irdisch und Kostas Vivakis am
Durchdrehen", sagte Stef, als sie durch Ano
Mera fuhren.
„Oh! Ist das links ein neuer Supermarkt?"
„Jup. Und deutlich billiger als *flora*", antwortete
Angelos. „Die Avocado kostet nur 5 Euro!
Zurück zum *Tropicana*: natürlich flippt jeder
Besitzer aus, wenn der Umsatz einbricht. Aber
das Tropicana hat Grundeinnahmen durch den
Strand!"
„Und nicht zu knapp. Bis zu 200 Euro pro Liege."
„Plus Restaurant. Dennoch könnte der Umsatz
insgesamt schon um 20 – 30 Punkte gefallen
sein", sagte Stef.
„Und damit bist du an der Grenze der Renta-
bilität. Spyros hatte ja Recht. Hohe Kosten und

nur ein paar Wochen hohe Einnahmen. Wir müssen alle abklappern. Auch das Personal befragen und uns genau umschauen", meinte Angelos.

„Sprich: ich soll jeweils das Handy klauen", sagte Stef und grinste.

„Nie würde ich dich zu einer Straftat anstiften", meinte Angelos. „Konzentriere dich auf interessante Sachen im Büro."

Während das Büro von Spyros im *Alemagou* in einem Container untergebracht war, thronte Kostas Vivakis in einem Raum, der dem eines CEO eines Konzerns gut zu Gesicht gestanden hätte.

„Hätte ich von dem hohen Besuch gewusst, hätte ich Fotografen herbestellt. Das Paar des Jahres", sagte Kostas mit breitem Lächeln.

Vivakis ließ sich in den breiten Sessel fallen. Angelos grinste.

„Gerne. Dann können wir auch gleich Fotos von dir und … wie heißt sie nochmal… Ludmilla machen, bei Insta hochladen – deine Frau wird begeistert sein", sagte Angelos.

Kostas Vivakis knurrte.

„Ruslana. Die davor hieß Ludmilla!"

„Für mich heißen alle Ludmilla. Aber den Grund unseres Besuchs kannst du dir denken."

„Ich habe nicht den Hauch einer Ahnung!"

„Es könnte also nichts zu tun haben damit, dass der DJ eines Konkurrenzbetriebs gepfählt wurde."

„Internas anderer Clubs interessieren mich nicht", sagte Vivakis.

„Da habe ich anderes gehört. Dem Vernehmen nach sollst du getobt haben. Und zwar seit deine Bude nur noch halbleer ist – dank des *Alemagou*!"

„Eine Eintagsfliege. Ein Aufpoppen für einen Sommer. Im nächsten Jahr sind wir wieder die Nummer 1. Da bin ich sehr entspannt. Weißt du, Angelos, man muss nur warten können. Wenn du glaubst, ich hätte etwas mit dem Ableben eines DJs zu tun, dann bist du auf dem Holzweg. Auf Mykonos kommt mit jedem Windstoß ein neuer Hype. Alles ist aufgeregt, hektisch – ich sitze einfach hier und warte auf die nächste Bö."

„Schöne Rede, Kostas. Dann werden wir mal konkret: wo warst du in der Nacht vom 12.?"

Vivakis lachte.

„Du glaubst tatsächlich, ich würde so etwas selbst machen? Das ist schon fast eine Beleidigung!"

Er schüttelte den Kopf.

„Und wo soll ich schon gewesen sein? Mein Tagesablauf ist immer gleich. Von Mitte Mai bis Mitte September schließe ich diesen Laden um 6 Uhr zu, esse noch eine Kleinigkeit. Dann schlafe ich vier Stunden und um 11 sperre ich den Strand auf. Danach folgen 19 Stunden praktisch ohne Pause. Touristen, die Ärger machen, Personal, das mich beklaut. DJs, die schon mittags zugedröhnt sind …"

„ … und zur Entspannung zwischendurch ein Quickie mit Ludmilla", sagte Angelos.

„Ruslana, Herrgott. Aber halt: ich sehe gerade … Der 12.? Da ist Ruslana mit der Frühmaschine nach Bukarest geflogen. Ihre Mutter ist erkrankt. Da die Maschine um 6 Uhr 40 geht, sind wir bestimmt so um 6 losgefahren! Und deine 25 Kameras auf der Strecke haben das bestimmt aufgezeichnet."

„Und natürlich wird Ruslana dieses Alibi bestätigen", sagte Kommissar Nikakis.

„Aber ja doch. Ein Alibi kann schließlich über Leben und Tod entscheiden. Nicht wahr, Stefanos?"

Durch Stef ging ein Ruck.

„Zufällig hat ein Storch mir ein Video geschickt. Ich denke, darauf sieht man den Tod deines Vaters", sagte Vivakis und grinste.

„Stellt euch hinter mich und schon kann die Vorstellung beginnen!"

Mit flauem Gefühl lief Angelos um den Schreibtisch herum.

„Und los geht´s: das Video wackelt ein wenig. Der Wind. Aber dennoch. Der Mann rechts ist dein Vater. Links bist … äh … ist der Mann mit der Maske!"

Wo zum Teufel hat er dieses Video her? Die Aufnahmen wurden alle gestört. Außer …

Es ist die uralte Kamera am Leuchtturm selbst. Himmel.

„Jetzt wirft der Maskenmann die Tasche über Christos Tanos hinweg. Instinktiv dreht sich Tanos um und läuft zu der Tasche, der Maskenmann rennt los und stößt deinen Vater Richtung Klippe!"

Doch was auch zu sehen war: Tanos fing sich rechtzeitig und taumelte am Abgrund. Der Maskenmann trat Tanos gegen das Standbein – und schon war auf dem Video nur noch ein Mann zu sehen!

„Nichts Neues", sagte Angelos betont lapidar.

„Nun. Neu ist, dass es zu den Bildern eine Tonspur gibt!"

Angelos und Stef sahen sich entgeistert an.

„Ich will es euch ersparen. Der Text besteht aus nur einem Wort. Als dein Vater am Abgrund stand, rief er *Stefanos*?!"

Mit einem breiten Grinsen lehnte sich Vivakis zurück und schaute nach rechts. Dort stand Angelos.

„Der Täter trägt eine Maske. Das könnte jeder sein!"

„Aber ein Vater erkennt seinen Sohn immer", sagte Vivakis nicht ganz zu Unrecht.

„Das spielt keine Rolle. Das Gericht muss sich zweifelsfrei sicher sein und ich sehe hier nichts Neues. Für eine Erpressung ist …"

„Erpressung? Wie kommst du denn darauf? Ich habe dir lediglich ein Video gezeigt und nicht angedeutet, was ich damit machen könnte. Gut, dann wären wir wohl soweit. Wenn ich Ruslana erreiche, werde ich ihr ausrichten, dass sie dich anrufen soll!"

Wortlos verließen Angelos und Stef das *Tropicana*.

„Bist du sauer?", fragte Stef, als sie wieder im Auto saßen.

Angelos schüttelte den Kopf.

„Nein. Ich ärgere mich über mich selbst. Ich dachte, ich hätte alles getan, um dich zu schützen. Das war verdammt naiv – und gefährlich. Warum habt ihr diese Kamera nicht auch vom Netz genommen?"

„Es ist eine Uraltkamera, die nicht mehr am Netz hängt", sagte Stef.

„Siehst du: manchmal ist digital gefährlich."

„Nein. Denn ich habe eine gute Nachricht. Während ihr auf den Screen geschaut habt, konnte ich einen kleinen USB-Stick in seinen Router stecken, der auf der Kommode hinter dem Schreibtisch steht. Damit kommen wir über das WLAN überall rein. All seine Computer, Handys, selbst die Kassen. Das Video und eventuelle Kopien können wir löschen", sagte Stef.

„Gut gemacht. Und auch ich hab meinen Part erledigt. An der Wand hängt ein Familienfoto. Die ganze Sippschaft vor einem Lokal namens *Smyrna*."

„Davon gibt es Tausend im ganzen Land", sagte Stef.

„Rechts daneben ist noch ein Restaurant. Es fängt mit POS an. POSEIDON. Ziemlich makaber. Denn als die Griechen 1922 aus dem brennenden Smyrna übers Meer fliehen wollten, sind die meisten ertrunken. Poseidon war nicht gnädig an dem Tag. Als ich die Kombination gesehen habe, musste ich lachen, so makaber ist es."

„Moment. Du weißt, wo das ist?", fragte Stef.

Angelos nickte.

„Es ist Chania. Kreta!"

„Was zum Gewehr passt. Also auf nach Kreta", sagte Stef.

18

Ein Kommissar auf Pauschalreise

Markos Kritselas umarmte Angelos Nikakis.

„Mein Schöner! Du auf Kreta! Ich freue mich so! Wie lange ist es her?"

„Eine Ewigkeit. Fünf Jahre. Darf ich dir Stef vorstellen?", sagte Angelos.

„Willkommen auf Kreta, Stef. Hier lauern keine Fotografen. Auch wenn eure Geschichte selbst in unseren Zeitungen stand", sagte Markos.

„Zeitung? Was ist das?", sagte Stef und grinste.

Markos Kritselas war Ende dreißig - verheiratet, zwei Kinder – und einen Kopf kürzer als Angelos.

Da er auch ein wenig breiter war, wirkte er etwas untersetzt.

Seit fünf Jahren arbeitete er als Kommissar bei der Kripo in Chania. Ursprünglich stammte er aus Saloniki und hatte in der dortigen Mordkommission unter Angelos Nikakis sein Handwerk gelernt.

„Warum seid ihr so früh da? Die nächste Maschine aus Athen kommt erst in einer Stunde!"

„Wir sind mit dem Jet der Kripo Mykonos hier", sagte Stef und lachte.

„Ignorier ihn einfach, Markos. Ich hab mir nur ein Flugzeug ausgeliehen", sagte Angelos. Markos schüttelte den Kopf.

„Die ganzen Klischees über Mykonos scheinen keine zu sein", meinte Markos und grinste.

„Nun, dann erzähl mal, was dich nach Chania führt!"

Sie saßen in einem Café unterhalb der alten Festung. Von dort hatte man freien Blick auf die Promenade – und die beiden Restaurants *Smyrna* und *Poseidon*.

„Dann fasse ich mal alles zusammen: ein alternder DJ findet eine Kiste mit alten Vinylplatten und deine ganze Insel flippt aus wegen Songs, die dreißig oder vierzig Jahre alt sind. Deine zugekoksten Touris, immer auf der Jagd nach dem nächsten bescheuerten Trend, rennen dem Club des DJs die Bude ein, während die anderen fast leer sind. Einer der Besitzer – oder vielleicht alle, wer weiß? – beschließt, den DJ ins Jenseits zu befördern, damit sich der Hype legt und sein Umsatz wieder steigt. Er engagiert zwei Killer, die das erledigen, aber natürlich zugleich Zeugen sind. Sie müssen weg. Er lockt sie in eine Falle, tötet sie aber nicht selbst, sondern engagiert einen dritten Killer, der sie beseitigt. Es könnte auch ein Freundschaftsdienst sein. Die Kugel stammt von einem deutschen Scharfschützengewehr. Die gibt es eigentlich nur auf Kreta, da nur auf Kreta gekämpft worden war. Zweite Verbindung nach Kreta: ein Foto im Büro des Clubbesitzers, das ihn hier in Chania vor dem *Smyrna* zeigt. Ist das so korrekt?", fragte Markos.

„Könntest du bitte meine nächsten Berichte verfassen? Alles Wesentliche in zwei Minuten. Bravo!", sagte Angelos.

„Da wäre nur ein Problem: das ist alles recht dünn, vor allem die Kreta-Verbindung!"

Angelos reichte Markos das Tablet über den Tisch.

„Kostas Vivakis, der Clubbesitzer", sagte Kommissar Nikakis.

Markos schaute ungläubig.

„Was ist?", fragte Angelos.

„Der Mann ist Christos Masouras, Bruder von Giorgio Masouras, dem Besitzer des *Smyrna*."

„Bitte? Unser Hauptverdächtiger hat einen gefaketen Lebenslauf? Soviel Aufwand betreibt man doch nur …"

„ …wenn es um eine große Sache geht. Neue Legende. Neue, teure Pässe. Aber verwunderlich ist es nicht, denn die Familie Masouras gehört zu den Üblen auf dieser Insel. Alles, was im Bergland an Kriminalität zu finden ist: sie haben ihre schmutzigen Finger drin. Und sie haben Beziehungen. Gute Beziehungen. Ich musste es gerade erst erleben!"

„Wieso?", fragte Stef.

Markos seufzte.

„Die Familie Masouras ist wie ein Krake. Bei jeder Ermittlung in Bezug auf Organisierte Kriminalität stößt man früher oder später auf ihren Namen. Also haben wir beschlossen, den Druck zu erhöhen und zeitgleiche Razzien vorzubereiten."

Angelos grinste.

„Und lass mich raten: in Heraklion war man wenig begeistert!"

„Wir haben es ihnen nicht gesagt. Alles wurde hier in Chania vorbereitet, nur fünf wussten Bescheid. Es lief auch alles glatt. Wir haben den Familiensitz in Kandanos durchsucht, ihre famose Ziegenmolkerei, die so viel Milch verarbeitet wie der ganze Rest Griechenlands. Ein Witz!"

„Eine Waschanlage, betrieben mit Milch", sagte Stef.

Markos nickte.

„Alles, was den Masouras gehört, wurde durchwühlt. Und wir wurden fündig. Eine

Riesenmenge an Waffen, darunter auch mehrere Exemplare deines Scharfschützengewehrs."
Angelos klatschte in die Hände.
„Bingo. Dann brauchen wir jetzt …."
Aber Markos hob die Hand.
„Wir mussten sie wieder zurückgeben. Und das gesamte beschlagnahmte Material. Aber damit nicht genug. In der darauffolgenden Woche wurden die zwei leitenden Kommissare versetzt, ein weiterer verrentet. Warum ich noch da bin, weiß ich nicht. Wahrscheinlich deswegen, weil es sonst keine Kripo Chania mehr gäbe. Insofern bin ich ganz froh, dass du hier bist. Du darfst ermitteln und an einem Kriminaldirektor kommt selbst Heraklion nicht vorbei."
„Das verstehe ich nicht", sagte Stef. „Wieso darf Angelos hier …"
„Er ist Kriminaldirektor. Er darf überall und selbständig ermitteln, ohne richterlichen Auftrag. Er kann Haftbefehle oder Durchsuchungen beantragen, auch ohne Richter und Staatsanwaltschaft!"
„Da liege ich Nachts also neben einem Polizei-VIP", sagte Stef und lachte.
„Ich kann keinen Mafia-Clan hochgehen lassen. Dazu braucht es ein Team und Monate Vorbereitung. Aber ich werde den Baum kräftig schütteln und das, was herunterfällt, darfst du gerne verwenden", sagte Angelos zu Markos.
„Wir sollten daher vielleicht gleich morgen die Razzia wiederholen. Die Familie wähnt sich in

Sicherheit durch ihre Verbindungen. Aber wir rücken nur in kleiner Besetzung an."

„Ich könnte die versetzten Kollegen bitten. Die wissen, wo was war und sind immer noch stinksauer!"

„Riskieren aber damit ihre jetzigen Jobs", warf Angelos ein.

Markos schüttelte den Kopf.

„Die wollen ohnehin den Polizeidienst verlassen."

„Gut. Gibt´s Protokolle von der Razzia? Dann schicke sie uns bitte!"

Markos schüttelte den Kopf.

„Alles nur mit Schreibmaschine. Ein Exemplar. Ich nehme es morgen mit, dann kannst du es auf der Fahrt lesen. Bis nach Kandanos sind es gut eine Stunde. Dann bring ich euch jetzt ins Hotel."

Die drei verließen das Café.

„Was zum Teufel ist denn das?", fragte Kommissar Nikakis, als er Markos´ Polizeiauto sah.

„Ist der aus dem Polizeimuseum? Ich möchte ungern in einem Kugelhagel sterben, weil unser Wagen bergauf nur 20 fährt. Kleiner, könntest du bitte ein angemessenes Gefährt mieten?"

„Ein Hummer mit Haubitze oder reicht ein SUV mit Power?"

Stef lachte, drehte sich in Richtung Markos und sagte:

„Dabei bin ich der verwöhnte Millionärssohn – aber unser Schöner ist der Snob!"

„Mykonos. Der Name verpflichtet. Etwas Anderes erwartet man von uns nicht", entgegnete Angelos und grinste. „Gut. Für die Fahrt ins Hotel reicht der Peugeot."

„Da bin ich aber erleichtert", knurrte Markos.

„Äh. Das Hotel ist aber nur ein Drei-Sterne-Hotel!"

„Griechische Drei-Sterne bedeutet Betten wie Hängematten und Toiletten mit einer Bakteriendichte wie in einer vergessenen Petrischale. Aber wir werden es überleben", sagte Angelos.

19

Ein Vogel explodiert

Na ja", knurrte Kommissar Nikakis, als er und Stef das Zimmer betraten. „Man nennt sowas bodenständig oder landestypisch!"

Stef grinste.

„Sowas kostet auf Mykonos im Juli 200 Euro. Außerdem machen wir es uns gemütlich. Schau: wir haben sogar einen Balkon!"

Der aber hatte einen großen Riss.

Vorsichtig betrat Stef den Balkon und schaute hinunter.

„Der Pool ist genau darunter!"

Angelos warf sich aufs Bett.

„Hast du die Glocks in den Spusi-Koffer?", fragte er.

„Aber klar. Würde mich interessieren, ob wir damit durch die Kontrolle gekommen wären." Angelos grinste.

„Der Vorteil einer Privatmaschine!"

„Ist es eine gute Idee dorthin zu fahren, ohne vorher das Terrain zu erkundigen?", fragte Stef.

„Im Prinzip hast du Recht. Aber es muss zu keiner Konfrontation kommen."

„Wie soll das bei einer Mafiafamilie funktionieren?", fragte Stef ungläubig.

„Wart´s ab", antwortete Angelos.

Als Stef den Koffer auf eine breite Holzbank hievte, flog etwas Schwarzes durch die Balkontüre.

Zuerst dachte Angelos an einen Vogel.

Oder eine Fledermaus?

Das Etwas fiel auf den Boden und klapperte.

Alles Weitere lief ab wie in Zeitlupe.

Angelos rief laut „Stef! Spring!", rannte auf den Balkon, sprang auf das Geländer und stieß sich ab.

Eine Sekunde später erfasste ihn die Druckwelle, erst dann krachte es laut und Teile der Zimmereinrichtung trafen Angelos im Rücken.

Dann landete er unsanft im Pool.

Nachdem er wieder aufgetaucht war, sah er wie Stef sich heftig atmend am Rand des Pools festhielt.

„Wow. Das Leben mit dir ist wirklich unterhaltsam!"

„Alles in Ordnung?", fragte Angelos.

Stef nickte.

„Aber du blutest", sagte er. „Lass sehen!"

Tatsächlich hatten Teile des Betts Angelos im Rücken getroffen.

„Nix Schlimmes", meinte Stef, als es laut knirschte.

Der Balkon hatte sich dazu entschlossen, ebenfalls Baden zu gehen und fiel in den Pool.

„Toll. Nicht einmal die Deutschen haben in Chania etwas in die Luft gesprengt. Dann tauchst du auf und schon bricht das Chaos aus", sagte Kommissar Markos Kritselas und zeigte auf die gut 300 Schaulustigen, die mit ihren 300 Smartphones 300 Instagram-Posts in die Welt hinausposaunten.

„Es wären weniger, wenn hier nicht alles vertreten wäre, was auf Kreta ein Blaulicht hat. Das sieht man selbst von der ISS. Im Übrigen: danke der Nachfrage: uns geht es gut", knurrte Angelos.

Neben Markos stand der fassungslose Hoteldirektor.

Angelos hatte ein gewisses Verständnis für ihn, denn das Hotel hatte ein veritables Loch, wo sich noch Stunden zuvor Zimmer 312 befunden hatte.

„Das ist doch die beste Werbung. Das einzige Hotel in Griechenland, durch das man hindurch schauen kann", sagte Angelos.

Das Gesicht des Hoteldirektors lief knallrot an.

„Das sehen die Urlauber in den Zimmern darüber sicher anders. Und wer bitte zahlt den Schaden?"

„Ihre Bombenversicherung", antwortete Angelos grinsend. „Gut. Wir wären hier dann fertig. Wir brauchen ja ein neues Hotel!"

„Bitte spreng es nicht auch in die Luft", meinte Markos.

20

Ein Ausflug in die Berge

Das Gesicht von Kommissar Markos Kritselas sah am nächsten Morgen aus wie das Gesäß einer 90-Jährigen, garniert mit den Tränensäcken eines Elefanten.

„Kali mera, Markos", sagte Angelos Nikakis, als er Markos sah. „Wobei es bei dir nicht nach Kali aussieht!"

„Wie auch. Während du in deinem 5-Sterne-Hotel relaxed hast, musste ich bis 1 Uhr den

Hoteldirektor und seine hysterischen Gäste beruhigen und dann die Räumungsarbeiten beaufsichtigen. Danach habe ich bis vier Uhr die Kameras ausgewertet – natürlich ohne Resultat. Kurz nach vier rief mich dann der Polizeipräsident in Heraklion an und fragte mich, ob ich denn meine Stadt nicht unter Kontrolle habe und ob ich denn wisse, wie wichtig der Tourismus für Kreta sei. Urlauber bräuchten Sicherheit und Ruhe. Danach folgte der Anruf des Präfekten. Ob ich denn meine Stadt nicht unter Kontrolle habe und ob ich denn wisse, wie wichtig der Tourismus für Kreta sei. Urlauber bräuchten Sicherheit und Ruhe. Er garnierte das Ganze mit dem Befehl, mich sofort wieder an den Tatort zu begeben, um ein Zeichen zu setzen. Präsenz zeigen sei wichtig. Auch euch einen guten Morgen!"

„Immerhin musst du nicht fahren", sagte Angelos, als er, Kritselas und Stef zum Auto gingen.

„Was zum Teufel ist das?", sagte Markos und zeigte auf den Wagen.

„Das ist ein Mercedes AMG 450. Genau das richtige für die Berge!"

„Und das zahlt der Staat?"

Angelos grinste.

„So etwas bezahlen wir aus requirierten Vermögen. Die Kasse ist voll, seit wir den Russen alles abgenommen haben .Wo ist der Rest?"

„Die warten am Ortsausgang. Fünf Mann, zwei Wagen", sagte Markos.

„Und die Waffen? Unsere liegen wohl unter dem Schutt!"

„Habe ich dabei. Allerdings keine Glocks. Die können wir uns nicht leisten. Fahren wir!"

Sie fuhren aus dem Zentrum Chanias hinaus und genau am Ortsschild warteten die anderen Fahrzeuge.

„Mach doch das Radio an. Die Fahrt dauert über ´ne Stunde", meinte Stef, der auf der Rückbank saß.

Angelos tippte auf den Screen.

….. *Heraklion 24 und Chania 23 Grad. Und schon geht´s weiter auf 102.6 – mit dem Killer-Song. Der Produzent des Originals wurde vor einer Woche auf Mykonos ermordet. Und der DJ der Coverversion wurde ein paar Tage vorher auch gekillt. Auch auf Mykonos. Gott sei Dank sind wir auf Kreta und hier passiert nichts – außer es explodieren ein paar falsch gelagerte Gasflaschen wie gestern in Chania. However, hier ist der Killer-Song – Take your time.*

„Gasexplosion. Im Ernst?", fragte Angelos. Markos nickte.

„Eine Anweisung des Präfekten. Urlauber brauchen …"

„ … Sicherheit und Ruhe. Ich weiß", ergänzte Angelos.

Nach gut einer halben Stunde erreichten sie die Ausläufer der Berge. Die Straßen wurden kurviger und steiler – und auch die Vegetation veränderte sich. Mit jedem Kilometer wurde es grüner.

Bei gut 400 Metern Höhe näherten sie sich der ersten steileren Serpentine.

„Los! Wozu haben wir denn den AMG. Gib Gas!", rief Stef von der hinteren Bank.

„Na gut. Festhalten!"

Und dann gab Kommissar Nikakis Gas – sehr zum Missfallen seines Kollegen.

„Himmel! Du bringst uns um. Außerdem können die Anderen nicht mithalten!"

„Spielverderber. Egal. Kommen sie halt zwei Minuten später an", schrie Angelos.

Wenige Kilometer vor Kandanos fuhr Kommissar Nikakis in eine Linkskurve – und sah, dass ein Fahrzeug mit Pferdeanhänger die Straße blockierte. Er bremste und riss gleichzeitig das Steuer herum. Wenige Meter vor dem Hindernis kam der Mercedes zum Stehen.

Er dachte noch, zu was man auf Kreta einen Pferdeanhänger braucht, wenn es denn auf der Insel nur Ziegen, Esel …

Die Klappe des Anhängers ging auf und drei maskierte Männer mit Maschinenpistolen kamen zum Vorschein, stellten sich vor Angelos´ Wagen und zielten auf die Insassen.

„AUSSTEIGEN!", brüllte der Größte der Maskierten. „UND HÄNDE NACH OBEN!"

„Macht, was er will", sagte Angelos, nahm die Hände hoch und stieg langsam aus. Stef und Markos folgten ihm.

„HÄNDE FESSELN", schrie der Anführer der Maskierten.

Zwei der Männer zogen Kabelbinder aus der Hosentasche und fesselten Angelos, Stef und Markos.

„UND ABMARSCH!"

Der Anführer zeigte in Richtung Kandanos.

Als die drei Entführten um die Kurve liefen, sahen sie einen Transporter und zwei weitere Maskierte.

„ÜBERNEHMEN. WIR MÜSSEN UNS UM DIE NACHHUT KÜMMERN!"

Die Männer des zweiten Wagens stießen Angelos, Stef und Markos in den Transporter.

„Mit einem Peugeot wäre das nicht passiert", flüsterte Markos verärgert.

„Dann hätten sie die anderen sofort erschossen", sagte Angelos.

„Das machen sie halt jetzt", antwortete Markos.

„KLAPPE HALTEN", schrie der Fahrer und fuhr los. Nach zehn Minuten erreichten sie Kandanos.

Auf den ersten Blick sah es aus wie ein typisches griechisches Dorf. Dann fiel Kommissar Nikakis auf, dass zwischen den Häusern große Freiflächen lagen. Sie passierten den modernen Nachbau einer Kirche – erst dann erinnerte sich Angelos Nikakis.

Kandanos. Zweiter Weltkrieg.

Eines der typischen Massaker.
Partisanen überfallen deutsche Soldaten und töten über ein Dutzend.
Die Deutschen treiben die Bevölkerung des nächsten Dorfes zusammen und erschießen sie. Über 400. Danach wurde das Dorf niedergebrannt – nur wenige Gebäude blieben stehen: das heutige Kandanos.
Der Wagen bog mit hoher Geschwindigkeit rechts ab und fuhr sofort links in einen Hof. Stahltore wurden hinter ihnen geschlossen.
„Raus!", befahl der Fahrer. „ZUR TÜRE!"
Angelos, Stef und Markos stiegen aus und liefen in das Gebäude.
Es war ein großer Saal, in dem nur zwei Stühle standen. Auf einem der Stühle saß Giorgio Masouras. Zwar hatte Kommissar Nikakis den Mann noch nie gesehen, aber er war seinem Bruder Christos Masouras alias Kostas Vivakis wie aus dem Gesicht geschnitten.
„Nehmen Sie Platz, Herr Nikakis", sagte Masouras. „Die anderen in den Keller", befahl er seinen Männern.
Stef und Markos wurden aus dem Saal gedrängt, Angelos setzte man auf den Stuhl.

„Herzlich Willkommen auf Kreta", sagte Masouras.
Angelos schnaubte.
„Zur kretischen Willkommenskultur gehören also Entführungen oder das Werfen von Handgranaten auf Touristen. Ich werde diese Insel

91

weiterempfehlen. Lassen Sie wenigstens den Jungen frei."

Masouras lachte.

„Der Junge ist doch Ihr Partner. Außerdem ist er der Sohn des reichsten Mykoniers. Oder genauer: dessen Erbe. Er ist ein Geschenk. Es ist wie Weihnachten. Wie viel ist er wohl wert?"

Kommissar Nikakis packte der Zorn und er zerrte an den Fesseln.

„Sie beruhigen sich besser. Unser Gespräch wird etwas dauern!"

„Sie sollten uns sofort gehen lassen, denn ansonsten …"

„Ansonsten was? Die Polizei in Heraklion weiß nichts von Ihrem Ausflug. Und selbst wenn: sie sind uns freundlich gesonnen."

„Eine schöne Umschreibung für korrupt", knurrte Angelos.

Masouras grinste.

„Wollen wir nicht über meinen Bruder reden?"

„Den Dreifachmörder Vivakis? Oder besser Christos Masouras?"

„Ja. Wie heißt es so schön: Gott schütze dich vor deiner eigenen Familie. Habe ich ihn nach Mykonos geschickt? Ja. Sollte er dort einen Club erwerben? Oder Bars?. Ja. Haben wir ihm eine neue Identität verpasst? Ja. Haben wir. Sie sehen, ich rede offen."

Was Kommissar Nikakis sichtlich beunruhigte. Erzählt ein Vertreter der organisierten Kriminalität ganz offen von den Aktivitäten, so sinken die Chancen des Entführungsopfers aufs Überleben signifikant.

Angelos´ Handy vibrierte kurz.

„Ich vermute, dass der Beachclub als Geldwaschanlage dient. Ihr zahlt alle Steuern in korrekter Höhe, dann bleiben euch trotzdem 70% des Geldes – eine höhere Quote als bei anderen Methoden. Niemand vergleicht den Bestand mit dem Verkauf. Warum auch? Das Finanzamt freut sich über hohe Umsätze. Ich vermute, Ihr verkauft pro Tag 30 Flaschen Veuve Cliquot, verbucht aber 500. Niemand hält das auf Mykonos für seltsam – es ist die Insel der reichen Spinner. Tja. Mit seinen Taten bringt Ihr Bruder das ganze Konstrukt in Gefahr. Im Zuge der Mordermittlungen würde ich natürlich die Bücher überprüfen lassen. Die Geldwäsche flöge auf. Und die Polizei in Heraklion …"

„… könnte uns nicht helfen, denn im Falle von Geldwäsche ermittelt Athen. Sehr richtig. Es ist zum … Kotzen. Und alles nur …"

„… weil Ihr Bruder Angst hatte, dass der Club den Bach runter geht, wenn alles ins *Alemagou* rennt. Es musste alles wieder in geordneten Bahnen verlaufen", sagte Kommissar Nikakis.

Masouras schüttelte den Kopf.

„Der dämliche Plattenaufleger war doch keine Gefahr für uns. Das *Alemagou* auch nicht. Der Club war durch unser Geld umsatzunabhängig. Außerdem kommt nach jedem Hype der nächste. Nein. Mein Bruder Christos hat den DJ umbringen lassen, weil … nun, es ist ein bescheuerter Grund, mit dem er die ganze Familie gefährdet hat. Das ist unverzeihlich!"

„Und was ist nun der Grund?"

„Nichts, was Sie etwas angeht. Dann engagiert der Idiot zwei Anfänger-Killer. Sieht man daran, dass die Trottel nach der Tat sich mit ihm trafen. Unfassbar blöd. Nun. Erst vor dem Doppelmord an den beiden Rumänen hat er mir alles erzählt. Ich habe entschieden, dass die zwei Zeugen von uns selbst erledigt werden."

„Ah. Wahrscheinlich einer Ihrer Neffen, der dann ein Gewehr benutzte, das nur von Kreta stammen konnte. Kein Problem, *wenn* man die Hülsen oder Projektile mitnimmt."

„Deswegen sollte mein Neffe Nikos die beiden aus kürzerer Entfernung … Nun ja. Kompliment, dass Sie uns über diesen winzigen Fehler ausfindig gemacht haben. Die hiesige Polizei kann nicht mal ein Autokennzeichen korrekt eingeben."

Er gesteht, dass einer seiner Neffen einen Doppelmord begangen hat. Er nennt sogar den Namen.

Das tut man nur, wenn man den Gesprächspartner nach dem Gespräch entsorgt, dachte Kommissar Nikakis.

Seine anfängliche Zuversicht verflog.

Der Plan. Was ist mit meinem Plan?

Lass ihn reden!

Und das tat Masouras.

„Jedenfalls lassen wir meinen Bruder fallen. Er hat alle in Gefahr gebracht, wegen einer privaten Angelegenheit. Er wird durch meinen Neffen ersetzt!"

„Sicher nicht. Ihr Neffe wird verhaftet, sobald er Mykonos betritt. Und was Ihren Club angeht: der wird geschlossen", sagte Angelos Nikakis. Masouras lachte kurz, dann wirkte er plötzlich beunruhigt. In der Ferne hörte man einen Hubschrauber. Keiner der beiden sprach. Als das Knattern leiser wurde, entspannte sich Masouras wieder.

„Sie werden niemand mehr verhaften. Wussten Sie, dass jedes Jahr mehr als 20 Menschen hier in den Bergen verunglücken? Ein Autounfall, ein Sturz von den Klippen. Es ist eine gefährliche Gegend!"

„Sie glauben im Ernst, Sie könnten zwei Kommissare ermorden, ohne Konsequenzen? So dumm können Sie nicht sein!"

Masouras lachte.

„Das ist unsere Insel. Und die hiesige Polizei …"

Aber Angelos Nikakis hörte nicht mehr zu.

Auf der Stirn von Masouras tanzte ein roter Punkt.

Endlich.

In den Stunden nach dem ungeplanten Poolaufenthalt in der Nacht zuvor führte Kommissar mehrere Telefonate.

Zuerst mit seinen Mitarbeitern auf Mykonos.

„Kostas, hör mir genau zu. Du rufst ab 10 Uhr alle 30 Minuten an. Keine Minute früher, keine

später. Gehe ich nicht ran, rufst du sofort Babis vom OPKE an. Er weiß, was zu tun ist!"
Danach folgte der Anruf bei Babis.
„Ihr müsst noch heute Nacht nach Chania und morgen Früh ab 10 Uhr bereit sein. Das Ziel ist Kandanos, Flugzeit 12 Minuten. Das Haus der Masouras liegt gegenüber der Kirche."
„Wollen wir hoffen, dass sie euch nicht woanders hinbringen. Wissen Stef und der Kollege aus Chania Bescheid?"
„Nein."
Babis lachte.
„Ein typischer Nikakis. Alleingang ohne doppelten Boden!"
„DU bist das Rettungsnetz. Masouras wird nur reden, wenn er die Gelegenheit bekommt, mich umzubringen", sagte Angelos.
„Hoffentlich weiß auch Masouras, dass er dich nicht gleich erschießt. Du bist schlicht irre, aber so warst du schon damals in T´niki!"
„Wenn die Sorte Krimineller sich in Sicherheit wähnen, können sie nicht anders als Prahlen!"

Der letzte Anruf galt Stefs Bruder Markos, dem Computergenie. Das Telefonat war eher ein Monolog, denn Markos war Autist. Doch Angelos Nikakis war sich sicher: Markos würde liefern.
„Polizei Heraklion. Computer und Handys crashen. Ganzen Vormittag. Easy!"

Der rote, tanzende Punkt auf Masouras´ Stirn war das Signal für Angelos, sich auf die Blendgranaten vorzubereiten. 30 Sekunden.

21

Familientreffen im Knast

Kommissar Nikakis ließ sich samt Stuhl nach rechts fallen. Dann hörte man ein Ploppen und Masouras fiel vom Stuhl.
In jenem Moment folgte das Lärmgewitter.
Blendgranaten. Nebel. Schüsse im Hof und vor dem Anwesen. Schreie von Verletzten.
Kommandoschreie.
Angelos rührte sich nicht vom Fleck.
Bis er eine Stimme hörte, die seinen Namen rief.
„Hier, Babis!"
Mehrere Hände hoben Kommissar Nikakis hoch und stellten ihn samt Stuhl wieder auf den Boden.
In diesem Moment bemerkte Angelos, dass Masouras trotz Verletzung nicht mehr an der Stelle lag, auf der er nach dem Treffer aufgeschlagen war.
Aber er würde nicht weit kommen. Eine Blutspur führte zum Hof.

Von draußen hörte er den Ruf „Stehenbleiben"
– dann ein Schuss.

Das Familienoberhaupt der Masouras´ war
Geschichte.

Der Leiter des griechischen Seal-Teams, Babis,
befreite Angelos von seinen Fesseln.

„Danke. Das war knapp", sagte Angelos.

„So ist das mit Plänen. Sie sind meist nach einer
Minute Makulatur", antwortete Babis. „Hat er
geredet?"

„Wie ein Wasserfall", meinte Angelos. „Es reicht,
um den ganzen Laden hochzunehmen."

„Auch die korrupten Bastarde in Heraklion?",
fragte Babis.

Angelos nickte.

„Alles auf Mikro. Ein Teil deines Teams ist ja dort,
oder?"

„Aber ja. Dein Hackerfreund hat den ganzen
Laden lahmgelegt und so konnten sie nichts
löschen. Papiere haben wir kistenweise
rausgeholt!"

„Gut. Wo sind Stef und Kritselas?", fragte
Angelos.

„Geduld. Erst das Sichern, dann sortieren, wer
zu der Bande gehört. Danach klärt sich alles",
meinte Babis.

Dann kam die Meldung.

Im Keller sind ein blonder Junge und ein kleiner
Dicker, der behauptet, er wäre Kommissar!"

Angelos lachte.

„Sie sind draußen", sagte Babis.

Angelos rannte aus dem Haus und fiel Stef um den Hals, als dieser aus dem Keller kam.

„Alles in Ordnung?"

„Nun ja. Ob ich das Pauschalreise-Unternehmen Nikakis weiterempfehle, weiß ich noch nicht. Zehn Punkte bei booking gibt das nicht. Zumindest war es nicht langweilig!"

Kommissar Kritselas war nicht so nachsichtig.

„Du konntest uns nicht vorher einweihen?"

„Konnte ich nicht. Du hast einen Maulwurf im Büro. Oder woher wusste Masouras, in welchem Hotel wir übernachten. Oder dass wir überhaupt hier sind!"

Kritselas fluchte.

„Aber du kannst mir später danken", knurrte Angelos verstimmt.

Zwischenzeitlich hatten Babis' Männer einen Haufen Männer auf dem Dorfplatz zusammengetrieben.

„Einige hatten sich in der Molkerei versteckt", sagte ein vermummter Polizist.

„Was machen wir jetzt mit der Bagage?", fragte Babis.

„Wer ist Nikos Masouras?", fragte Angelos laut. Keiner rührte sich.

„Dann eben anders", sagte Babis. „Wir haben seit letzter Woche Besuch aus Ägypten in Athen. Einige Herren des Geheimdienstes in Kairo. Interessant sind besonders die Verhörmethoden, von denen man uns erzählt hat. In der Regel werden Verdächtige dort erst einmal vergewaltigt. Das scheint den Vorgang deutlich zu beschleunigen. Wir räumen in Athen einfach ein Gebäude und hissen die ägyptische Fahne. Dann lassen wir unsere Gäste euer Verhör nach deren Methoden durchführen. Mal sehen, ob das die Zungen lockert!"

In der Menge wuchs die Unruhe.

Plötzlich rief einer der Männer

„Ich bin Nikos!" und trat vor.

„Wunderbar", sagte Angelos und zog Nikos Masouras auf die Seite.

„Wo soll ich die alle unterbringen?", fragte Kommissar Kritselas.

„Das nennt man wohl Luxusproblem", sagte Stef. „Immerhin seid ihr die ganze Family los, die über Jahrzehnte die Gegend terrorisiert hat."

Doch Kritselas hörte nicht zu.

„Wir haben gerade mal zehn Plätze in den Zellen. Und nach Heraklion will ich sie nicht schaffen."

„Bring den anderen Teil doch in das Hotel mit Loch. Das dürfte momentan unterbucht sein", sagte Stef und grinste.

„Dann wären wir wohl hier fertig", sagte Angelos. „Danke, Babis. Weißt du, wo unser Wagen steht?"

„Noch immer in der Kurve. Zusammen mit der Verstärkung aus Chania. Deren Fitness ist für Polizisten wirklich eine Schande!"

„Wir haben kistenweise Waffen gefunden", sagte einer von Babis´ Männern. „Sie haben doch nach einem G-43 gesucht. Da sind mehrere dabei!"

„Sehr gut. Die nehmen wir mit", sagte Angelos.

„Aber damit kommen sie doch nicht durch den Flughafen", sagte der Polizist.

Kommissar Kritselas schnaubte.

„Die Herren haben einen Privatjet!"

Angelos zuckte mit den Schultern.

„Kein Problem, wenn man mit seinen Mitteln sparsam umgeht."

22

Ein nettes Gespräch

1 2. Juni 2024, 11 Uhr 52. Anwesend sind Kriminaldirektor Angelos Nikakis und Kostas Vivakis alias Masouras, geboren 21.02.1964 in Kandanos, Präfektur Chania", sprach Angelos ins Mikro.

„Wie soll ich dich jetzt nennen?"

„Kostas. Auf den alten Namen höre ich nicht mehr", antwortete Vivakis.

„Der Fairness halber: Deine Familie sitzt im Gefängnis in Chania. Dein Neffe ist hier auf

Mykonos im Gerichtsgefängnis, um Familien-
unterhaltungen zu vermeiden. Eure Freunde bei
der Polizei in Heraklion wandern ebenfalls in
den Knast. Also: keine Hilfe von …"

„Ich brauche keine Hilfe mehr. Ich weiß, was ich
getan habe und bereue nichts. Muss ich auch
nicht, denn ich habe Lungenkrebs. Stufe 4.
Sechs Monate höchstens", sagte Kostas.
Angelos überlegte kurz und schaltete das Mikro
aus.

„Wo bist du in Behandlung?"

„Hygeia."

„Gut. Wenn die mir das bestätigen, fahren wir
dich zu den Chemos. Ich spreche mit dem
Richter, dass wir dich statt U-Haft in den Haus-
arrest schicken, mit Fußfessel. So kannst
du zuhause sterben. Bedingung ist aber, dass
du mir keinen Bullshit erzählst. Ist das klar?"
Vivakis nickte.

„D-danke."

Vivakis holte tief Luft.

„Ich wurde 1996 von meiner Familie nach
Mykonos geschickt, um einen Beachclub zu
gründen oder zu übernehmen. Einen Gastro-
betrieb, über den man bequem Geld waschen
kann. Mit ein paar Partnern habe ich dann das
Tropicana übernommen und die Partner nach
ein paar Jahren ausbezahlt. Geld war ja
genügend da – es war nur nicht sauber. Durch
den Club wurde es das."

„Wie viel?"

Vivakis lachte.

„Mindestens drei Millionen. Pro Jahr!"
Angelos Nikakis nickte.

„Warum hast du ihn dann abgefackelt? Du wusstest doch noch gar nicht, was auf Kreta passiert war?"

„Ich habe nichts angezündet. Warum sollte ich das tun? Du sagst es ja selbst. Alles andere gebe ich zu: ich habe Dim Gio töten lassen. Ich habe die zwei Killer töten lassen. Mit der Hilfe meiner Familie. Das alles stimmt. Mit der Brandstiftung habe ich nichts zu tun", sagte Vivakis sichtlich erregt.

„Du bist auf einem Video zu sehen. Aber kümmern wir uns erst um die Morde. Ich ging davon aus, dass du den DJ ermordet hast, weil er für den Umsatzeinbruch verantwortlich war – aber nach dem Geständnis deines Bruders kann das nicht der Grund sein. Durch das Geld deiner Familie war geringerer Ertrag des Clubs kein Problem. Er meinte, du hättest Dim Gio aus einem privaten Grund ermorden lassen. Ein *dämlicher privater* Grund, meinte dein Bruder!"

„Mein Bruder war und ist ein Arschloch vor dem Herrn. Warum glaubst du, wurde ich ins Exil geschickt? Weil ich ein Verhältnis mit seiner Frau hatte. Er kann es ihr nicht mehr richtig besorgen, also ..."

Angelos Nikakis lachte.

„Gott schütze einen vor der eigenen Familie. Bitte weiter!"

Vivakis zögerte. Offensichtlich war es ein privater Grund, über den er nur ungern sprechen wollte.

„Tja, dämlich. Ich weiß nicht. Vielleicht war es dämlich, sich zu verlieben. Kann man so sehen. Es war 2006 und ein absoluter Klassiker. Eleni. Mein damals neues Hausmädchen. Ich war 38 und sie 18. Eine Schönheit, wie es sie auf Kreta nicht gibt. Ich war verliebt. Und das Erstaunliche: sie liebte mich auch. Trotz des Altersunterschieds."

Angelos lachte.

„Ich bin 33 und Stef ist 17. Ich weiß also, was du meinst!"

„Alles lief perfekt – dann wurde sie schwanger. Ich fiel aus allen Wolken."

„Du weißt aber schon, dass Sex eine Schwangerschaft nach sich ziehen kann", sagte Angelos und schmunzelte.

„Sehr witzig. Es war schlicht nicht vorgesehen und änderte alles."

„Lass mich raten: die Familie war nicht begeistert!"

Vivakis schnaubte.

„Mein Bruder tobte, als ich es ihm erzählte. Er hätte es ohnehin von seinen Spitzeln erfahren. Eine Beziehung war nicht Teil meiner Stellenbeschreibung. Loses Verhältnis ja, Ehe und Kinder nicht gestattet. Eine Ehefrau wäre dann auch im Club. Sie wäre eine Art zweite Chefin. Könnte überall hin – auch in die Buchhaltung.

Sie würde zuhause die Schubladen durch-
wühlen. Irgendwann würde sie etwas
herausbekommen. Ich durfte Eleni nicht mehr
sehen. Mein Bruder kam nach Mykonos, sprach
mit ihr – und ich habe sie nie wiedergesehen",
sagte Vivakis.
Seine Augen sprachen Bände. Wässrig,
gepaart mit leerem Blick.
„Er hat sie aber nicht umgebracht, oder?"
„Nein. Das hätte er sich auf Mykonos nicht
getraut! Hier hatte er keine Beziehungen zur
Polizei. Er hat sie wahlweise bedroht und mit
Geldscheinen gewedelt. Einen Tag später war
sie weg. Sie ging nach Athen und bekam dort
ihr Kind. Sie hat ihren Vermieter noch einmal
angerufen wegen der Kaution und er hat es mir
erzählt. Mich hat sie nie mehr angerufen, nie
geschrieben."
Vivakis seufzte.
„Danach war alles nur noch schwarz. Es hat
lange gedauert, darüber hinwegzukommen."
„Und was hat das jetzt mit dem Mord an Dim
Gio zu tun?", fragte Kommissar Nikakis.
„Ich sollte doch alles erzählen, oder?
Außerdem werde ich meine Geschichte bald
niemand mehr erzählen können", sagte Vivakis.
„Du hast Recht. Signomi", sagte Angelos.
„Alles schien in der Vergangenheit begraben.
Bis vor zwei Monaten. Ich bekam eine anonyme
Mail. Ein ellenlanger Absender. Nur Buchstaben
und Zahlen. In der Mail stand, dass Eleni
tatsächlich ein Kind zur Welt gebracht hatte.

105

Einen Jungen. Antonis. Er ist jetzt 18. Laut der Mail war er auf Mykonos und arbeitete als Kellner im *Alemagou*."

„Nicht zufällig Antonis Christakis?", sagte Angelos, plötzlich hellwach.

„W-woher weißt du …", stammelte Vivakis.

„Ich kenne ihn. Hübscher Kerl, nur etwas schüchtern."

„Leider hatte ich bisher nicht das Vergnügen, meinen Sohn kennenzulernen!"

„Sie hätten doch nur ins *Alemagou* gehen müssen."

Vivakis schnaubte.

„*Nur*. Ja, klar. Hallo, ich bin dein Vater. Ich konnte mich all die Jahre nicht um dich kümmern. Und jetzt ist es zu spät, denn ich sterbe in ein paar Monaten. So in etwa?"

„Zugegeben eine schwierige Ausgangslage", sagte Angelos.

„Ich habe meine Spitzel im *Alemagou* Fotos schießen lassen. Damit ich wenigstens wusste, wie er aussieht."

„Und Antonis, dein Sohn, hatte ein Verhältnis mit DJ Dim Gio. Jetzt schließt sich der Kreis langsam."

„*DJ Dim Gio*."

Vivakis spuckte die Worte fast aus.

„Es schockte mich, dass er … nun, dass mein Sohn schwul ist. Weißt du. Auf Kreta, in den Bergen – da gibt es keine Schwulen."

Angelos lachte.

„Es gibt uns überall. Leider können es viele noch immer nicht offen sagen!"

„Wie auch immer. Er war, nein, er ist mein Sohn. Schwul hin oder her. Aber, dass er mit diesem Arschloch zusammen war. Dann kam eine zweite Mail. Wieder anonym. Mit Videos, auf denen man sah, wie schäbig er sich meinem Sohn gegenüber verhalten hat. Wie er ihn erniedrigt hat. Wie er ihn in einem Kühlraum vergewaltigt hat …"

„In dem Moment hast du beschlossen, dass Dim Gio sterben muss", sagte Angelos. „Und die Familie organisierte das …"

Vivakis schüttelte den Kopf.

„Die durften nicht erfahren, dass ich meinen Sohn gefunden habe. Als Clubbesitzer kennt man viele skurrile Gestalten."

„Gestalten, für die du auch Geld gewaschen hast und den Gewinn nicht an die Familie abgeführt …", sagte Kommissar Nikakis.

„Ein bisschen Taschengeld. Ich bekam eine Adresse im Darknet. Es ist wie eine Bestellung auf Amazon."

„Nur hat der Amazon-Bote eine Glock in der Hand – oder eine tödlichen Nagelpistole", sagte Angelos.

„Das Schwein sollte leiden. Die zwei Killer kamen aus Rumänien, sie waren keine Asse in ihrem Berufsstand. Aber sie haben den Job erledigt."

„Dennoch mussten sie sterben."

„Sie waren indirekt Zeugen, auch wenn die Kommunikation über Kurier lief. Und sie haben die Anweisungen nicht befolgt."

„Wieso?"

„Sie sollten Dim Gio besuchen, wenn er alleine war. Und sollte mein Sohn in der Wohnung sein, so hätten sie ihn in einen Nebenraum sperren sollen. Ihm sollte kein Haar gekrümmt werden."

„Stattdessen haben die zwei Antonis vergewaltigt. Das lief ja super", sagte Angelos.

„Hauptsächlich deswegen habe ich sie erschießen lassen. Außerdem wegen Dummheit. Man trifft sich nicht mit dem Auftraggeber – aber sie waren gierig. Ihr Pech!"

„Aber diesmal half dir die Familie", sagte Angelos.

Vivakis nickte.

„Ich erzählte ihnen von Problemen mit ein paar Drogenhändlern. Sie schickten Nikos …"

„Deinen Neffen. Samt dem deutschen Gewehr. Ohne das wäre es deutlich schwieriger geworden, den Fall zu klären. Zumal ich völlig falsch lag. Es war doch – wie fast immer – jemand aus der Familie. Der Schwiegerpapa!"

Vivakis lief knallrot an.

„Dieses Arschloch war sicher nicht …", schrie er.

„Wir beruhigen uns jetzt mal. Antonis, Dein Sohn, weiß bis heute nichts, oder?"

„Stimmt!"

„Dann kommen wir jetzt zur Brandstiftung. Die verstehe ich überhaupt nicht. Denn mit Abfackeln von Gebäuden kommt man

heutzutage nicht mehr durch. Brandermittler nutzen modernste Forensik. Außerdem …"
„Spar dir das. Glaubst du, ich weiß das nicht? Ich habe nichts abgefackelt", sagte Vivakis.
„Du bist auf einem Video zu sehen. Ziemlich deutlich. Inflagranti", sagte Angelos.
„Noch einmal: ich war es nicht. Und warum sollte ich lügen? Ich habe drei Morde gestanden und sterbe ohnehin in Kürze. Also wozu lügen?"

23

Der Kommissar bekommt einen (verbalen) Einlauf

Als Kommissar Angelos Nikakis die Terrasse betrat, stand dort Stef – mit einer Flasche Veuve Cliquot in einer und einem Schreiben in der anderen Hand.
„Stilecht wäre das Ganze nur im Jacuzzi", sagte Angelos grinsend.
„Dann wird der Brief nass", antwortete Stef.
„Ist es das, was ich glaube?"
Stef nickte.
„ … *möchten wir Ihnen mitteilen, dass durch die Einstellung des Ermittlungsverfahrens einer Ausstellung des Erbscheins nichts mehr im Wege*

steht. Ihrem Antrag, den Anteil Ihres Bruders treuhänderisch zu verwalten, wird stattgegeben."

„Glückwunsch, Stef. Damit steht dir die Welt offen!"

Stefs Gesicht fror ein.

„Mir steht die Welt offen, seit ich dich kennengelernt habe, du Idiot. Glaubst du, ich hätte Lust auf ein Jahr Saufen und Drogen von Marbella bis Dubai? Oder dass es mich reizt, Blümchensex mit möglichst vielen Jüngelchen zu haben?"

„Äh, du bist selbst ...", begann Angelos.

„Wage es nicht, weiterzusprechen. Zu deiner Kenntnisnahme: ich will nichts anderes, als hier mit dir zusammen zu sein. Mehr wollte ich nie, mehr will ich auch jetzt nicht. Daran ändern auch 30 Millionen nichts. Und nein: ich werde nie das Gefühl haben, etwas verpasst zu haben. Denn ich habe als Kind nichts verpasst. Ich habe so viel abbekommen, dass es für zwei Leben reicht!"

Stef schnaubte regelrecht.

„Ist der Druck jetzt aus dem Kessel? Ich bin glücklich. Wenn du es auch bist: perfekt. Bist du in fünf oder zehn Jahren noch an meiner Seite? Bitte gern. Mir fehlt jedenfalls nichts. Kathalaveni?"

Stef nickte.

„Verstanden. Jacuzzi?"

„Willst du dir nicht erst das Verhör anhören? Schließlich bist du mein Vize-Kommissar."

Angelos lächelte, wedelte mit dem Handy und deutete auf das Sunbed.

Dann spielte er das Gespräch mit Vivakis ab.

Stef sagte zunächst nichts.

„Ein bisschen Begeisterung wäre angebracht, schließlich hast du einen großen Anteil an der Aufklärung der Mordfälle", sagte Angelos verwundert.

„Was ist denn aufgeklärt?"

„Dim Gio. Die Mörder: tot. Auftraggeber Vivakis: im Knast. Die zwei toten Mörder in Metallia. Mörder: Nikos Masouras. Im Knast. Auftraggeber Vivakis: im Knast. Jimmy Jam. Mörder macht Kopfsprung auf Mole. Tot. Auftraggeber Dim Gio. Ebenfalls tot. Mehr Aufklärung geht nicht!"

„Doch. Es fehlt das entscheidende Puzzleteil: wer hat die Mails geschickt? Die Mails, die alles in Gang setzten. Woher erfuhr Vivakis von der Existenz seines Sohnes? Durch die Mail. Woher wusste Vivakis, dass Antonis mit Dim Gio zusammen war und von ihm vergewaltigt wurde? Durch die zweite Mail. Ohne die zwei Mails wäre nichts von all dem passiert – den Mord an Jimmy Jam mal ausgenommen."

„Moralisch magst du Recht haben. Für Polizei und Gerichte ist es irrelevant. Denn es geht um die konkrete Handlung. Vivakis hätte es auch zum Beispiel beim Kennenlernen seines Sohnes belassen können. Er hat sich bewusst für seine

Taten entschieden. Und das mit der Vergewaltigung: für einen Hetero-Vater ist das natürlich
verstörend, zuzuschauen, wie sein Sohn gefickt
wird. Es sieht für mich aber eher aus wie ein
Quickie, bei dem einer zu kurz kommt. Antonis
hat sich nicht gewehrt …"
Stef hob die rechte Hand.
„Da geh ich mit dir. Vivakis *glaubte*, eine
Vergewaltigung zu sehen. Und das wusste der
Verfasser der Mails. Ich finde es nur …
unbefriedigend, dass die Spitze der Pyramide
fehlt. Alles darunter ist aufgeklärt. Aber wer sitzt
da oben und klopft sich auf die Schenkel, weil
sein Plan perfekt aufgegangen ist. Er hat die
Reaktion von Vivakis genau antizipiert.
Interessiert dich nicht, wer das warum getan
hat?"
„Selbst wenn wir es erfahren: der Betreffende
hat nichts zu befürchten. Die Mails erfüllen
keinen Straftatbestand. Und ich möchte nicht,
dass mir jemand frech ins Gesicht lacht, weil ich
nichts machen kann", sagte Angelos.
„Da ist was dran. Natürlich bist du der Kommissar. Wenn du sagst: das war´s – ich muss es
akzeptieren, aber die Frage …"
Angelos grinste.
„Was möchtest du denn?"
„Darf ich alleine versuchen herauszufinden, wer
der Verfasser ist? Ohne ihn damit zu konfron-
tieren, sollte ich ihn finden? Vielleicht kann
Markos die Mails zurückverfolgen?"

„Der Verfasser wird nicht so blöd gewesen sein, die Mails ohne Umleitung über die äußere Mongolei zu verschicken. Aber gut: such weiter. Gleichwohl: sei dir bewusst, dass es für den Verfasser keine Konsequenzen hat. Du bringst dich nicht in Gefahr und brichst kein Gesetz. Deal?"

24

Wasser aus dem Pazifik

Stef hielt vor dem *Panorama* am Ende der Bucht von Kalafati. Das Hotel war seit den Ereignissen des letzten Jahres geschlossen und sah dementsprechend verwahrlost aus. Der Felsenaufzug war außer Betrieb und so rannte Stef die Treppen hoch bis zu der Wohnung, in der er und sein Bruder Markos zusammen gelebt haben.
Es war noch kein Jahr her – und doch wie ein anderes Universum. Kein Jahr her, dass er hinter dieser Tür Angelos Nikakis die Kleider vom Leib gerissen hatte.

Ein strenger Geruch schlug ihm entgegen, als er die Wohnung betrat. Der Grund war schnell zu erkennen: Essensreste gepaart mit ständig geschlossenen Fenstern, damit die Welt draußen blieb. Überlebensstrategie eines Autisten.

Ich sollte mich mehr kümmern, dachte Stef. Schließlich bin ich sein Vormund.

Andererseits: jede Veränderung von Routine brachte Markos schnell aus dem Gleich-gewicht.

„Bruder?", rief Stef laut.

„Hier", tönte es aus dem kleinen Kabuff, in dem sich Markos 24 Stunden am Tag aufhielt.

Er sah aus wie ein Eremit. Das Haar war schon über die Schultern hinaus gewachsen, der Bart glich dem eines afghanischen Stammes-ältesten. Aber: das Haar war frisch gewaschen.

Gut, dachte Stef. Solange die Körperhygiene funktioniert, ist alles in Ordnung.

„Hör zu. Du hast sicherlich von den Morden gehört. Der DJ vom …"

Stef blickte in ein leeres Gesicht.

Natürlich – Markos hatte keine Verbindung zur Außenwelt. Er saß zwar 24 Stunden vor dem Computer, doch er surfte nicht im Netz – außer zu IT- und Hackerthemen.

„Ich hab eine Emailadresse. Ich muss wissen, woher sie stammt!"

Markos nahm den Zettel.

„Geht fit. Dauert. D-Touring!"

Stef grinste.

Wie übersetze ich das für Angelos?

„Dann noch etwas. Auf dem Stick ist ein Video. Ich glaube, es ist eine Fälschung. Woran erkennt man ein Deepfake oder KI-Video?"

„First look: nada. Second: nada. Third: detail."

„Streng dich an, bitte. Ich verstehe nur Bahn-hof."

Markos seufzte.

„Winzige Details. Meist im Background. Eine Bitch mit nur einem Auge. Ein Schild, auf dem ein Buchstabe fehlt. Ein Mann hat einen dritten Arm. Man muss jede Sequenz checken. Dauert!"

„Na gut. Legen wir los. Es ist die Aufnahme einer Brandstiftung im … Vergiss es!

Die erste Einstellung erschien auf dem Bild-schirm. Vivakis steigt aus dem Wagen. Mit einer Tüte in der Hand geht er vom Parkplatz zum Club.

Plötzlich dreht er sich um und schaut direkt in die Kamera.

„Weird. Fehlt nur noch ein Smiley in die Kamera!"

Eben, dachte Stef.

Vivakis ging zur äußeren Bar, holte etwas aus der Tasche. Dann sah man eine Flamme, die schnell größer wurde.

„Entweder ist Vivakis der dümmste Brandstifter der Geschichte oder …", sagte Stef.

„Ist er nicht. Da. Schau auf das Werbeschild rechts", meinte Markos.

„Das Fiji-Ding? Was ist damit?"

„Die Blume auf der Flasche hat vier Blüten!"

„Ja und?"

„Die Fiji-Blume hat fünf Blüten", sagte Markos, als wäre es Teil der Allgemeinbildung.

Markos zog eine Schublade auf und holte eine Flasche Fiji-Wasser heraus.

Die Blume hatte fünf Blüten.

25

Erinnerungen an ein Fußballspiel

Warten ist des Kommissars Hauptbeschäftigung.

Erst recht für den Praktikanten.

Und so wartete Stef geduldig auf dem Parkplatz des *Alemagou*, bis der ältere Kellner - Pablo – eingetroffen war.

Lass ihn in Ruhe seine Bar bestücken, dachte Stef.

Als Pablo es sich auf einem Stuhl bequem machte, stieg Stef aus und ging zur Außenbar.

„Ah, einer der Wohltäter. Antonis kann sein Glück immer noch nicht fassen", sagte Pablo.

„Freut mich", antwortete Stef und setzte sich auf einen der Hocker.

„Frage an einen Insider: woher bekomme ich Informationen über die Clubszene in den Neunzigern und Nullern? Internet gab es zwar schon, aber das ganze Showbizgetue wie auf Facebook oder Insta kam erst viel später. Zeitung gab´s keine. Ich muss aber wissen, wie damals die Verhältnisse waren. Eigentümer, Zwischenfälle …", sagte Stef.

„Das Internet gab es schon immer. Drahtlos und effizient. Man nennt es Tratsch", meinte Pablo und grinste.

„Und wer könnte mir mit dem Tratsch um 2000 helfen?"

„Ganz einfach: mein Vater. Er hat 20 Jahre im *Tropicana* gearbeitet, dazwischen auch im *Cavo*."

„Meinst du, dein Vater würde sich mit mir treffen?"

„Sicher. Du bist Stefanos Tanos. Und jetzt … was eigentlich? Angelos´ Partner?"

Stef grinste.

„Wir haben uns auf Ehemann geeinigt. Gibst du mir die Telefonnummer deines Dads?"

Pablo grinste.

„Geh einfach die Straße runter, viertes Haus rechts. Steht eine große Bougainvillea im Hof. Ich sag ihm gleich Bescheid, dass du kommst!"

„Super. Danke!"

Zehn Minuten später saß Stef auf der kleinen Terrasse. Pablos Vater war deutlich kleiner als sein Sohn. Eine Mutter gab es wohl nicht mehr, denn es sah nach Männerhaushalt aus.

„Also. Was möchtest du wissen?"

„Alles über die Clubs um 2000. Besonders über das *Tropicana*. Sie waren Kellner bei Vivakis?"
Pablos Vater nickte.

„Anfangs waren es vier Eigentümer, die sich einmal im Monat trafen. Dann übernahm Vivakis alles!"

„Gab es Ärger deswegen?"

„Nicht dass ich wüsste. Die anderen drei wurden großzügig abgefunden. Woher Vivakis das Geld dafür hatte – keine Ahnung."

„Gab es in der Zeit irgendeinen Ärger, Zwischenfälle?", fragte Stef.

Pablos Dad zögerte.

„Keine Sorge. Vivakis erfährt nichts. Im Übrigen: selbst wenn: er hat keine Zeit mehr für Rache", sagte Stef. „Er hat nur noch ein paar Wochen zu leben!"

„Oh. Tja. Es waren gute Jahre. Vivakis war hart, aber immer fair. Wir haben gutes Geld verdient und er hat immer pünktlich und korrekt bezahlt."

„Das machen nicht alle", meinte Stef.

„Die einzige schwierige Phase war 2002 – nach dem Tod des Buchhalters. Dann – nur zwei Wochen später – die Vergewaltigung im Club", sagte der Vater von Pablo.

„Ein toter Buchhalter?", fragte Stef.

„Er hieß Pavlos. Junger Kerl. Eines Tages habe ich bei allen Kassen die Bonrollen ausgetauscht, direkt neben dem Büro von Vivakis. Die Tür stand offen und ich hörte wie Pavlos und der Chef sich anbrüllten. Dann stürmte Pavlos wütend aus dem Büro. Ich hörte, wie Vivakis sagte: *wir haben ein Problem.* Er hat offensichtlich jemand angerufen, nach dem Streit. Und er sagte nur diesen einen Satz: *wir haben ein Problem.*"

„Was ist an dem Satz so ungewöhnlich?", fragte Stef.

„Vier Tage später fand man Pavlos in seiner Wohnung. Er hatte sich erhängt. Die Polizei hat zwar ermittelt, aber …"

„Und die Vergewaltigung?"

„Es war am Abend des Endspiels der WM 2002. Daher kann ich mich erinnern. Bei der Kontrolle vor Schließung fand man ein bewusstloses Mädchen in einem Lagerraum. Blaue Flecken, Slip zerrissen. Es war klar, was es war."

„Und Vivakis hat die Polizei gerufen, nehme ich an", sagte Stef.

Pablos Vater schüttelte den Kopf.

„Nicht sofort. Man schaffte das Mädchen in sein Büro. Alle, die noch da waren, wurden dazu verdonnert, der Polizei nichts zu sagen. Jeder wusste warum!"

„Aber ich weiß es nicht", meinte Stef.

Der ältere Mann zögerte.

„Zwei Gründe. Erster: das Opfer war die Tochter von Spyros Armenakis. Und der war …"

„ … einer der früheren Teilhaber von Vivakis."

Pablos Dad nickte.

119

„Der zweite Grund: einige Kollegen hatte gesehen, dass das Mädchen mit Dim Gio zur Bar gegangen war!"

„WAS? Dim Gio hat im *Tropicana* aufgelegt?"

„Klar. Die DJs wechseln oft – und Dim Gio ist … war 30 Jahre im Geschäft. Ob er aber damit etwas zu tun hatte – wir haben es nie erfahren."

„Es muss doch Kameraaufnahmen gegeben haben", sagte Stef.

„Die wurden aber gelöscht. Offiziell ist das System ausgefallen …"

„Und die Polizei?"

Der ältere Mann schnaubte.

„Damals galt noch immer: mit der Polizei redet man nicht. Und der alte Armenakis wollte auch nicht, dass groß ermittelt wird!"

„Bei der Vergewaltigung seiner eigenen Tochter?"

„Meine Meinung: er hat selbst herausgefunden, wer es war und wollte das Ganze selbst regeln."

„Und dann engagiert er Dim Gio über 20 Jahre später in seinem eigenen Club?? Das ist doch absurd!"

„Als Pablo mir es erzählt hat, konnte ich es nicht glauben. Andererseits: Vielleicht war Dim Gio gar nicht der Täter. Und selbst wenn: er wusste nicht, dass das Mädchen Spyros´ Tochter war. Dim Gio hat sich nie für andere Menschen interessiert. Ich bin sicher, er kannte nicht mal den Namen des Kellners, mit dem er jetzt zusammen war."

Stef holte sein Tablet raus.

„Das Endspiel 2002 war am 11. Juli 2002. Heißt:
die Tat geschah in den ersten Stunden des 12.
Juli."
Und als Nächstes schauen wir in die Polizeiak-
ten, dachte Stef und rief die Astinomia an.
Zu seinem Glück meldete sich Kostas.
„Du warst doch schon zu Zeiten der Türken-
kriege Polizist", sagte Stef.
„Komm du mir unter die Augen", knurrte Kostas.
„Was willst du?"
„Es geht um eine Straftat am 12. Juli 2002.
Kannst du mal im Computer …"
Kostas lachte.
„Scherzkeks. 2002 hatten wir noch keine
Computer. Nur die guten, alten Fallmappen.
Allerdings sind alle von 1996 bis 2010 verbrannt,
weil es …"
„ … vor ein paar Jahren bei euch gebrannt hat.
Ich kann mich dunkel erinnern. Das bedeutet,
es ist gar nichts da??", fragte Stef ungläubig.
„Doch. Der Polizist aus der Türkenzeit hat noch
seine Erinnerungen. Wenn du höflich fragst,
durchsuche ich meinen Gehirnpalast. Vielleicht
finde ich da etwas über die Vergewaltigung im
Tropicana."
„DU WEISST DAS NOCH?"
„Tja. Noch bin ich nicht verkalkt. Es war die
Tochter von Spyros. Und der hat alles unternom-
men, um die Ermittlung zu behindern. Seine
Tochter durfte nicht aussagen – und damit war
das erledigt. Verdächtigt wurde zwar der DJ.
Aber es war nicht zu beweisen. Vor allem auch

deswegen, weil die Videos im *Tropicana* gelöscht wurden. Und das Personal litt unter Gruppenamnesie."

„Weißt du, wie sie heißt?"

„Hm. Irini? Nein. Rezula. Rezula Armenakis!"

„Danke, Kostas. Hast was gut!"

Stef googelte den Namen des Opfers.

„Das gibt´s doch nicht", sagte er laut zu sich selbst, als er die Treffer sah.

Darunter ein Eintrag auf einer Trauerseite.

Rezula Armenakis. Verstorben am 12. April 2024.

Auf zwei weiteren Seiten Presseberichte über den Suizid einer 38-jährigen Frau in einem Vorort von Athen.

Depressionen.

Passt, dachte Stef. Opfer von Missbrauch oder Vergewaltigung versuchen häufig jahrelang über das Erlebte hinwegzukommen. Dann erkennen sie – oft Jahre später, dass sie ihr Leben lang von den Erinnerungen gepeinigt werden würden.

Und beschließen zu gehen.

Das war auch bei mir so.

Man kommt damit nicht zurecht.

Die Dämonen greifen nach dir. Immer wieder.

Nur hatte ich Glück.

Unverschämtes Glück.

Ich traf Angelos.

26

Die Erkenntnis

Stef wusste nun, was wann passiert war. Und wer alles penibel genau geplant hatte.
Die Menschen hatten alle genau so reagiert, wie der eigentliche Täter es erwartet hatte.
Im Grunde brillant.
Der perfekte Mord.
Nein: die perfekten Morde.
Es fehlte nur noch ein Baustein.
Die Emails.
Stef fuhr zunächst Richtung Kalafati, drehte aber um.
Koffeinentzug.
Im *Veneti* holte er sich einen Frappé und setzte sich kurz auf die Terrasse davor.
Gut. Zuerst zu Markos, dann zu Angelos.
Danach das Finale.
Er stieg ins Auto und schaltete das Radio ein.

... der beste Sender in der Ägäis. Radio Prime 104.6. Gleich die Clubnight mit DJ Kostas. Doch davor DJ Dim Gio und Take your time ...

Wohl eher DJ Asshole oder DJ Rape, dachte Stef.

Er parkte vor dem Panorama und rannte die Treppen hoch.

„MARKOS!", schrie er durch die Wohnung, doch niemand antwortete.

Sein kleines Zimmer war leer.

Auch im Bad war niemand.

Kann nicht sein, dachte Stef.

Markos geht nicht nach draußen.

Stef schaute auf den Bildschirm.

Komisch, dachte er.

Wieso ist der Computer im BIOS?

Er schaute genauer hin.

Dann sah er es.

Das letzte Wort war

HELP!

27

Euphorie und deren Folgen

Kommissar Nikakis saß auf der Terrasse und schrieb die Berichte über die Mordfälle, als Stef zur Tür hineinrauschte, sichtlich aufgewühlt und durcheinander.

„Ich Arschloch. Ich war so euphorisch, weil ich glaubte, alle Puzzleteile zusammen zu haben. Dass ich andere damit in Gefahr bringe ... Markos. Ich glaube, er ist entführt worden. Was soll..."

Angelos stand auf, umarmte Stef und streichelte ihm über den Kopf.

Ruhig, Kleiner. Setzt dich hin und dann erzähl der Reihe nach. Schon vergessen? Wir kriegen alles hin!

Stef setzte sich und berichtete von seinen Gesprächen und seiner Theorie über die Gründe und Abläufe.

Als er fertig war, sagte Angelos zunächst nichts.

„Was ist?", fragte Stef irritiert.

„Also: ich bin im Zwiespalt. Einerseits begeistert, dass du anscheinend die richtigen Fragen an die richtigen Leute gestellt hast, über Ereignisse, die mehr als zwanzig Jahre zurückliegen. Eins mit Stern. Eine glatte Sechs dafür, dass du nicht daran gedacht hast, mir Bescheid zu geben. Dann hätte ich dir sagen können, dass einer der drei Gesprächspartner den Täter informiert hat, vielleicht auch unabsichtlich. Wie schon oft gesagt: unterschätze niemals die Dummheit von Menschen. Oder deren Fähigkeit zum Verrat."

„Aber: alle drei haben mir geholfen, den wahren Täter zu finden. Von denen würde doch niemals ..."

Angelos hob die Hand.

„*Niemals* gibt es nicht!"

Stef sackte im Stuhl zusammen.

„Du hast natürlich Recht. W-was machen wir jetzt wegen Markos?"

„Ruhig bleiben. Es wäre nicht meine erste Entführung. Der größere Druck lastet immer auf den Entführern. Klingt blöd für die Angehörigen, ist aber trotzdem wahr. Die Entführer wissen, dass sie gejagt werden. Ist das Versteck sicher oder hat irgendein Nachbar etwas gesehen? Wie gehen wir beim Austausch vor? Wie organisieren wir die Flucht? Wenn es dich beruhigt: ich habe noch nie einen Entführten verloren. Wir müssen Geduld haben und warten, bis sich die Kidnapper melden. Solange werden sie Markos sicher nichts tun!"

Stef nickte.

Klingt logisch. Aber es ist Markos. Du weißt, wie er ist!"

„Auch wenn deine Theorie bezüglich des Täters stimmt: er wird nicht so blöd sein, Markos bei sich versteckt zu haben. Zu viele Zeugen. Wir machen denen jetzt einfach etwas Druck!"

Angelos griff zum Handy.

„Antonis? Hör zu: Stefs Bruder ist entführt worden. Alle aus der Bereitschaft in die Zentrale. Jeder nimmt ein Auto und fährt mit Blaulicht immer wieder durch die gleichen Viertel oder Orte. Einer nach Ornos, der Zweite nach Tagoo und Tourlos und so weiter. Auch Foko und Merchias!"

„Nichts machen, sondern quasi nur im Kreis fahren?", fragte der Polizist.

„Richtig. Ich will, dass es überall auf der Insel blau blinkt. Zwischendurch das Martinshorn einschalten!"

„Verstanden. Darf ich Fragen, was der Sinn ..."

„Druck, Antonis. Die Entführer sollen glauben, die ganze Insel sei auf den Beinen", sagte Angelos.

„Kapiert. Alle zehn Fahrzeuge gehen raus, Chef!"

„Und was machen wir?", fragte Stef.

„Wir schauen uns die Kameras an und dann fahren wir rüber nach Kalafati, auch wenn das wahrscheinlich nichts Neues bringt."

„Wir wissen ja, wer dahintersteckt", sagte Stef. Aber Markos weiß nichts. Er kann ihre Fragen nicht beantworten!"

„Die wollten nur IHN. Fragen haben die keine. Aber sie haben eines vergessen: dein Bruder ist Teil meiner Familie und dafür werden sie bezahlen. Verlass dich drauf!"

28

Behindert? Na und?

Der Mann saß lässig auf seinem Stuhl und telefonierte.

„Nein. Er ist anstandslos mitgegangen. Als würden wir spazieren gehen. Nur wenn wir ihn angefasst haben, fing er sofort zu Schreien an. Wir haben ihn dann gebeten mitzukommen. Hat funktioniert. Seitdem kein Mucks mehr, keine Regung."

Pause.

„Er ist was? Auto ... wie? Ah. Heißt: er ist behindert. Das glaub ich sofort. Sitzt da wie eine Wachsfigur. Macht aber keinen Ärger. Pavlos holt gerade Essen. Warte. POLIZEI. DIE FAHREN SCHON ZUM ZWEITEN MAL VORBEI. Was sollen..."

Pause.

„Gut. Solange sie nicht hier reinstürmen. Wie lange soll das Ganze noch dauern? 24 Stunden? Na gut."

Der Mann sah Markos an.

„Behindert also. Dann eben einfach. Essen kommt. Eimer als Klo. Verstanden?"

Markos saß noch immer regungslos da. Ohne jede Vorwarnung sprang er über den Tisch, packte den verdutzen Mann fest an beiden Ohren und riss den Kopf brutal nach links.

Ein lautes Krachen war zu hören und der Mann rutschte wie eine Puppe vom Stuhl und schlug mit dem Kopf auf dem Boden auf.

„Und wer ist jetzt behindert, du Arschloch", sagte Markos und schnappte sich das Handy.

Jetzt nur noch rauskommen, bevor der zweite Idiot wieder zurück ist, dachte Markos.

29

La nuit en bleu

Nachdem Stef nicht zu beruhigen war, beschloss Angelos, sich an der Blaulichtaktion der Kollegen zu beteiligen. Vor dem *Alemagou* errichteten sie eine Polizeikontrolle mit Nagelbrett. Ein zweiter Wagen fuhr ständig am *Alemagou* vorbei hinunter nach Ftelia – durchgehend mit Martinshorn.

Gegen Mitternacht vibrierte Stefs Handy.

„Unbekannt", sagte er zu Angelos und drückte auf *ANNEHMEN*.

„MARKOS? W-WO BIST DU?"

Stef schaltete auf LAUTSPRECHER.

„Foko. Holt mich ab. Ist scheißkalt!"

„Äh. W-wie bist du entkommen? Wohin hat man dich gebracht?"

„Ich habe einem der Arschlöcher das Genick gebrochen und bin abgehauen. War glaube ich Merchias. Der Zweite war unterwegs. Also: bitte abholen. Und: frag Angelos nach einem anständigen Friseur. Die Zotteln müssen weg!"

Dann war das Gespräch zu Ende.

Stef war vollkommen verdattert.
„Hat er gesagt, er hat jemandem das Genick gebrochen? Und so viel hat der sonst in einem Jahr nicht geredet!"
Angelos grinste. „Dann auf nach Foko!"
Er tippte auf *Astinomia* auf dem Display.

„Pavlos? Änderung. Markos ist frei. Ich brauche lediglich zwei Wagen nach Merchias. Bin selbst auf dem Weg! Der Rest bitte in Bereitschaft auf der Wache bleiben, falls wir einen Zugriff andernorts vornehmen müssen!"

Der AMG flog durch das Tal in Richtung Foko. Hinter einer Scheune stand tatsächlich Markos. Stef sprang schon aus dem Wagen, bevor Angelos überhaupt angehalten hatte.

Die beiden unzertrennlichen Brüder ließen sich gar nicht mehr los.

Als beide im Auto saßen, fuhr Angelos nach Merchias.

„Kannst du dich an das Haus erinnern?", fragte Angelos.

„Natürlich. Ich komme ja gerade von da. Drittes rechts!"

Es war ein neuer Bungalow, dessen Vordertüre offen stand. Auf der Straße war kein Mensch zu sehen - und das ist auch tagsüber nicht viel anders. Während die Chora aus allen Nähten platzt, ist im Nordosten der Insel fast niemand unterwegs - außer den Anwohnern. Ein Haus am Dorfrand bedeutet: niemand sieht dich.

„Ich denke, der Zweite ist abgehauen, als er die Leiche seines Kollegen gefunden hat.
Dennoch: ich gehe auf Nummer sicher. Ihr bleibt hier!"

„Kommt nicht infrage", sagte Stef. „Du brauchst

eine Absicherung. Nur zu zweit - deine Worte! Außerdem haben wir das bestimmt zehn Mal geübt."

Angelos grinste.

„Nun denn. Du links, ich rechts!"

Genau nach Lehrbuch gingen die beiden in das Gebäude hinein. Wie erwartet, fanden sie lediglich die Leiche des Mannes, der von Markos getötet worden war.

„Kaum zu glauben. Der Typ sieht ziemlich fit aus. Schau dir die Armmuskeln an", sagte Angelos. Der verdrehte Kopf ließ aber keinen Zweifel an der Diagnose. Eindeutig Genickbruch.

„Und nun? Showdown?", fragte Stef.

„Es ist halb drei. Die Frage ist, ob wir es dezent machen - oder mit Pauken und Trompeten", sagte Angelos.

„Du kennst meine Antwort", sagte Stef. „Bei meinem ersten Fall ..."

„... das Programm mit Action. Verstanden", antwortete Angelos Nikakis. „Ich habe gerade eine Idee. Ich denke, morgen ist auch noch ein Tag!"

30

Eine spontane Schnellheilung

Kommissar Angelos Nikakis hielt vor dem großen, aber dezenten Haus in Panormos. Kostas Vivakis erwartete ihn schon. Er stand an der Türschwelle - mit seiner Fußfessel. Allerdings schien es ihm immer schlechter zu gehen. Er war schneeweiß im Gesicht.

„Du sperrst mich jetzt nicht ein, oder?", sagte Kostas.

Angelos schüttelte den Kopf.

„Espresso?", fragte Vivakis.

Angelos nickte.

„Vier Wochen. Allerhöchstens", sagte Vivakis.

„Deswegen bin ich hier. Es gibt vorher noch einige Dinge in Ordnung zu bringen!"

Kostas Vivakis schaute Angelos fragend an.

„Du warst nicht der Brandstifter", sagte Angelos.

„Schön, dass du mir jetzt glaubst", meinte Vivakis.

„Du bist hereingelegt worden. Auf übelste Weise. Das entschuldigt zwar nicht das, was du getan hast. Dennoch: ich bin mir nicht sicher, ob ich nicht genauso gehandelt hätte wie du!"

Vivakis schaute ihn fragend an.

„Den Fall hat im Grunde Stef gelöst. Angefangen hat es damit, dass ..."

Fünfzehn Minuten später war die Farbe in Kostas´ Gesicht zurück. Sein ganzer Kopf leuchtete in Knallrot.

„Dieses elende Dreckschwein", sagte Kostas, doch Angelos hob die Hand.

„Was würdest du sagen, wenn du die Gelegenheit hättest, den eigentlichen Täter unter vier Augen zu treffen. Du könntest ihm ein paar Ohrfeigen verpassen, nur musst du ihn am Leben lassen. Fit genug für eine Rangelei?", fragte Kommissar Nikakis.

Kostas´ Augen leuchteten und er griff nach Angelos´ Hand.

„Danke!"

„Und dann wäre noch etwas zu klären. Du solltest vor deinem Tod deinen Sohn kennenlernen. Viel Zeit bleibt dir nicht mehr. Außerdem braucht er einen Schnellkurs in Sachen Beachclub-Leitung!"
„Ich verstehe nicht ..."
„Antonis ist dein Erbe. Er erbt das *Tropicana*!"
Kostas schnaubte.
„Das ist eine Ruine!"
Angelos grinste.
„Bis zur nächsten Saison steht alles wieder. Der Täter wird den Wiederaufbau bezahlen - und zwar schnell und großzügig. Das regle ich schon!"

„Dann könnte ich beruhigt abtreten. Das geht aber weit über das hinaus, was ein Kommissar normalerweise tut!"

„Es geht darum, das Richtige zu tun. Recht und Gesetz sind da manchmal wenig hilfreich", sagte Angelos und grinste breit. „Ich hole dich um 19 Uhr ab - zum großen Finale!"

Kostas strahlte.

„Aber ich darf ihn nicht umbringen? Auch nicht ein bisschen?"

Kommissar Nikakis fuhr anschließend zur Polizeistation am Flughafen.

„Kostas", rief er beim Hineingehen. „Letzter Einsatz im Mordfall Dim Gio. Heute 19 Uhr. Drei Wagen, bewaffnet, mit Headset. Ziel: Alemagou. Alle Eingänge besetzen. Keiner darf raus. Besonders nicht Spyros Armenakis. Du gehst mit zwei Mann zum Büro und verscheuchst die Security, sodass Armenakis alleine im Büro ist. Springt er irgendwo draußen rum: einsammeln und ins Büro bringen."

„Also nicht verhaften. Alles klar. Wird erledigt", sagte Kostas und grinste. "Eine Einsatzbesprechung von zwei Minuten. Bei Maria hätte es zwei Stunden gedauert!"

Angelos lachte

31

Finale mit Ohrfeige und Scheckbuch

Kommissar Nikakis, Stef und Kostas Vivakis saßen im Wagen, direkt vor dem *Alemagou.*

„Wann geht es endlich los?", fragte Vivakis ungeduldig. Nichts deutete mehr auf seine Krebserkrankung hin.

„Alles bereit", hörte Angelos über das Headset. „Ist er drin?", fragte er.

„Wie ein Kaninchen im Bau!"

„Dann mal los", sagte Angelos zu Stef und Vivakis.

Kostas erwartete sie vor Spyros´ Büro. Von der Security war nichts zu sehen.

„Also, Vivakis, fünf Minuten", sagte Angelos.

„Mit größtem Vergnügen", antwortete Vivakis und riss die Türe auf.

Das folgende Gespräch war draußen laut und deutlich zu hören.

VIVAKIS? W-WAS MACHST DU? BLEIB STEHEN! Gerumpel von Möbelstücken.

Ein lauter Aufschrei.

DU HAST MIR DIE NASE ... AHHH!"

Lautes Krachen.

HILFE! HAU AB!

Spyros rüttelte an der Türe, doch Angelos hielt die Klinke fest.

Es krachte ein letztes Mal.

„MEINE NASE! AHH!"

Die Türe ging auf und ein grinsender Kostas Vivakis kam heraus.

„Verbindlichsten Dank", sagte er und lief an Angelos und Stef vorbei.

„Ich denke, wir können rein!"

Das Büro von Spyros Armenakis war …

Spyros saß in der Ecke und hielt sich seine blutende Nase.

„Sie ist gebrochen. Du musst ihn verhaften. Schwere Körperverletzung. Hast du nichts gehört?", blaffte er Angelos an.

„Ich hab weder was gesehen, noch gehört", antwortete Kommissar Nikakis und grinste.

„Hinsetzen", befahl er Spyros.

„Ich muss ins Krankenhaus!"

„Das reicht später auch noch. Wir werden uns zunächst unterhalten."

Angelos wartete einige Augenblicke.

„Was willst du denn jetzt?", sagte er sichtlich beunruhigt.

Angelos lächelte, dann applaudierte er leise.

„Meinen Respekt. Das war der perfekte Mord. Oder Mordserie."

„Ich habe keine Ahnung, wovon du sprichst."

„Soll ich Vivakis nochmal hereinbitten? Oder können wir vernünftig reden?"

Spyros murmelte vor sich hin.

„Gut. Es gibt – oder gab – zwei Menschen, die du hasst. Also entwickelst du einen Plan, der beide vernichtet. Der Eine ermordet den anderen, wofür Ersterer lebenslang im

Gefängnis verschwindet. Kleines Bonbon: die Einnahmen für *Take your time* landen bei dir, dank eines kleinen Passus in Dim Gios Vertrag."

„Das Ding ist in meinem Club produziert worden, nicht bei ihm zuhause. Außerdem hat er unterschrieben. Basta!"

„Ist auch nur Beiwerk", sagte Angelos.

„Du hast auf der Klaviatur des Hasses gespielt. Und die Reaktion aller Beteiligten korrekt vorhergesehen. Aus A folgt B folgt C. Du wärst fast damit durchgekommen, weil du wusstest, dass ich die Ermittlungen beende, sobald niemand mehr belangt werden kann. Zumindest strafrechtlich. Allerdings hast du Stefs Reaktion nicht richtig eingeschätzt. Sein Unbehagen. Seine Neugier. Seinen Sinn für Gerechtigkeit!"

Spyros schnaubte.

„Der kleine Scheißer hat seinen Vater umge-bracht!"

„Eben. Gerechtigkeit. Genau darüber sprechen wir! Also: du schickst Vivakis eine Mail. Dadurch erfährt er, dass er einen Sohn hat. Und dass der sogar auf Mykonos wohnt. Natürlich arbeitet er zufällig bei dir. Der kleine Schneeball beginnt zu rollen, klein, aber in Bewegung. Es folgt die zweite Mail. Die Videos zeigen, wie übel Dim Gio Vivakis´ Sohn behandelt. Vivakis reagiert wie erwartet: jemand, der seinen Sohn so demütigt, sogar vergewaltigt, muss sterben."

„Welche Mails?", fragte Spyros.

„Markos hat den ganzen, langen Weg dieser

Mails zurückverfolgt. Am Computer ist er ein wahres Genie. Können wir das Theater jetzt lassen?"

„Das Verschicken von Mails ist nicht strafbar. Der Inhalt ist es auch nicht", sagte Spyros gelassen.

„Sagt auch keiner. Ich möchte nur wissen, ob unsere Ermittlungen und Vermutungen zutreffen. Vielleicht ist es schlicht Eitelkeit", antwortete Angelos. „Also: mit wem möchtest du beginnen. Nehmen wir die Nummer 1 deiner Hassliste: Dim Gio!"

Spyros´ Gesicht lief rot an. Offensichtlich sorgte bereits der Name für hohen Blutdruck.

„Er hat meine Tochter vergewaltigt. Mein kleines Mädchen ... sie war ein Sonnenschein, immer fröhlich – bis dieses Schwein ihr Leben zerstörte. Und er wusste es nicht einmal mehr. So egal waren ihm andere Menschen."

„Wir reden über 2002. Passiert ist es im *Tropicana*, oder?"

Spyros nickte.

„Meine Tochter schwärmte für ihn. Sie war 16 und er sah damals noch nicht aus wie ein faltiger Arsch. Die Kellner haben die beiden an jenem Abend zusammen an der Bar gesehen. Am Morgen fand man Rezula bewusstlos auf der Toilette – mit heruntergerissener Kleidung. Vivakis, dieses Schwein, hat sofort begonnen, alles zu vertuschen. Eine Vergewaltigung mitten in einem Beachclub – nicht gut für das Geschäft. Die Belegschaft wurde vergattert, nichts zu sagen. Die Videoaufnahmen wurden gelöscht. Er hat mein Mädchen sogar in sein Büro bringen lassen. Dort hat man sie gewaschen - sie war immer noch ohnmächtig. Das musst du dir mal vorstellen! Zeitgleich wurde der Tatort gereinigt. Als die Polizei kam, waren alle Beweise vernichtet. Im Krankenhaus fand man auch an ihr keinerlei Spuren mehr. Aber Dim Gio war der Täter. Jeder wusste es. Außerdem ist er am nächsten Tag verschwunden. Nach Ibiza – und machte einfach weiter."

„Aber du hast selbst die Polizei gebeten, nichts zu unternehmen", warf Angelos ein.

„Um meine Tochter zu schützen. Du weißt, dass man gerne dem Opfer eine Teilschuld gibt. Ich musste mich zuerst um Rezula kümmern. Dim Gio würde ich schon noch kriegen."

„Was dir auch gelang. Was ist mit deiner Tochter passiert?"

„Sie ist an jenem Tag innerlich gestorben. Sie verlor jede Lebensfreude. Ihre Augen waren erloschen. Ich habe sie nach Athen gebracht, wo sie dann studierte. Ich habe sie regelmäßig gesehen, aber das Erlebte ließ sie nie mehr los. 20 Jahre später wusste sie: es würde nie vergehen. Vergiss nicht: Dim Gio war ihr erster Mann – ein Vergewaltiger. Am Tag ihres Selbstmordes schickte sie mir eine Mail mit nur einem Satz: Es war Dim Gio. Sie hatte vorher nie über das Erlebte gesprochen. Ich wusste, was diese Mail bedeutete. Aber du weißt: Abends kommt man von dieser Insel nicht mehr weg.

Hubschrauber fliegen nachts auch nicht. Ich bin mit der Frühmaschine nach Athen geflogen, aber es war zu spät. Ich fand sie erhängt in ihrem Bad."

Die Tränen liefen Spyros über die Wangen. Angelos sagte nichts.

„Damit war klar, dass ich Dim Gio dafür bezahlen lasse. Dann stand er eines Tages vor mir, im Club. Fragte nach einem Engagement."

„E-er hat sich bei dir beworben? Beim Vater des Mädchens, das er vergewaltigt hat?", fragte Kommissar Nikakis ungläubig.

Spyros schnaubte.

„Er wusste nicht, wer das Mädchen war, das er vergewaltigt hat. Er ist ja auch am nächsten Tag abgehauen. Außerdem waren es nach meiner Tochter noch Dutzende andere."

„Und er wurde nie zur Rechenschaft gezogen?"

„Nein. DJs sind wie Wandervögel. Kannst du dir vorstellen, dass ich mein Glück gar nicht fassen konnte? Natürlich habe ich ihn eingestellt und so viel bezahlt, dass er nicht abspringen würde. Das gab mir die Zeit, meinen Plan zu auszuarbeiten. Ich gab ihm zusätzlich Geld dafür, dass er den kleinen Vivakis anmachen sollte, eine Beziehung eingehen sollte."

„D-du hast ihn dafür bezahlt, Antonis anzubaggern?"

Spyros nickte.

„Ich wusste, dass er ihn genauso respektlos behandeln würde wie alle anderen – was er auch tat. Ich ließ alles filmen. Vivakis würde es sehen – und Mordgelüste bekommen. Immerhin ist Antonis sein Sohn. Welcher Vater will sehen, wie sein Sohn gefickt wird? Noch dazu grob. Die Generation versteht doch nicht ..."

„Du schon?", fragte Angelos amüsiert.

„Ich komme nicht aus den Bergen Kretas", knurrte Spyros.

„Ich wollte dich nicht unterbrechen. Vivakis hat also genauso reagiert wie erwartet."

„Und du würdest den Fall sicher lösen – da war ich mir sicher."

„Die Blumen gehen an Stef. Nun zu Vivakis. Deine Abneigung hat nicht nur mit seinem Verhalten bei der Vergewaltigung zu tun!"

„Nein. Ich gehörte zu seinen Teilhabern im *Tropicana*. Es war eine gute Anlage – bis er sich eingebildet hat, sich seiner Miteigner zu entledigen. Wir wussten nichts von seiner kriminellen Familie – er benutzte ja einen anderen Namen. Als wir uns weigerten, unsere Anteile zu verkaufen, wurde es unschön. Einige Familienmitglieder tauchten hier auf Mykonos auf und bedrohten uns. Oder genauer: unsere Familien, unsere Kinder. Sie passten meine Tochter an der Schule ab und nahmen sie mit. Sie haben sie nach ein paar Stunden wieder gehen lassen, aber die Botschaft war klar. Natürlich haben wir verkauft."

„Du hättest zur Polizei ..."

Spyros lachte.

„Sei nicht naiv. Du bist eine schreckliche Nervensäge und deine Methoden ... nun ja, sind etwas zweifelhaft. Aber du bist nicht korrupt."

„Verbindlichsten Dank", sagte Angelos.

„Und sorry, wenn ich das sage: Polizeichef war damals Galis!"

„Der Vater von Alex?"

Spyros nickte.

„Und er war … ich will nichts Schlechtes sagen. Immerhin war Alex dein erster Mann und für seinen Vater konnte er ja nichts. Jedenfalls zahlte Vivakis uns lediglich die Anlage zurück – obwohl der Wert sich mindestens verdreifacht hatte. Das *Tropicana* war damals *the place to be*.

„ Verstanden. Also hast du dich beider entledigt. Was ich nicht verstehe: wozu noch die Brandstiftung?"

„Ich weiß nicht, wovon …"

„Spar dir das. Das Video, das Vivakis zeigt, ist eine Fälschung. Und Markos wird eine Verbindung herstellen. Ob es für eine Verhaftung reicht, bezweifle ich."

„Es wäre nicht nötig gewesen, wenn ich gewusst hätte, dass du auf Kreta etwas herausfindest … Ich war mir nicht sicher, ob du Vivakis drankriegst, also wollte ich nachlegen."

„Hättest du vier Stunden gewartet, wäre es hinfällig gewesen", sagte Angelos.

„Nur konnte ich das nicht wissen. Zu blöd. Aber das hier ist *off the record*, oder?"

„Die Brandstiftung schon. Nicht jedoch die Entführung von Markos."

„Welche Entführung? Er ist freiwillig mit. Ein nettes Geplauder."

Angelos grinste.

„Deine Mitarbeiter sind nicht die Hellsten. Sie haben übersehen, dass Markos um Hilfe geschrien hat."

„Quatsch. Er spricht doch nicht …"

„Kein analoges Schreien, ein digitales. Ein Help auf seinem Computer. Hinzu kommt die Webcam, auf der zu sehen ist, dass ihr Markos bedroht habt, mit Waffen!"

Spyros warf die Hände in die Luft.

„Diese Vollidioten. Wir wollten ihm nichts tun. Ich wollte nur wissen, wie viel Stef schon weiß."

„Dumm gelaufen. Dein Plan an sich war hervorragend – und nichts davon strafbar. Aber die Entführung hat alles kaputtgemacht."

„Welches Gericht glaubt einem Zeugen, der nicht spricht und auch sonst …"

„ … behindert ist? Tja. Bei der Vernehmung hat er geredet wie ein Wasserfall."

Spyros wurde sichtlich nervös.

Angelos lächelte.

„Könnten zwanzig Jahre werden, vor allem wenn das Opfer wehrlos ist – als Behinderter!"

„So wie ich dich kenne, hast du irgendeine Lösung parat. Unorthodox wie immer!"

Kommissar Nikakis lächelte.

Lass ihn noch etwas zappeln, dachte er.

„Er hat einen meiner Mitarbeiter getötet", sagte Spyros.

„Notwehr. Sieht jedes Gericht so. Aber du hast

Recht. Ich dachte an einen Deal."

„Ich höre", sagte Spyros.

„Es wird nicht billig. Zuerst baust du das *Tropicana* wieder auf. Antonis erbt es. Du bekommst zehn Prozent – nicht verhandelbar. Und unterstehe dich, ihn übers Ohr zu hauen. Zweitens: du spendest eine Million an den Polizeifonds!"

„An was?"

„Aus dem Fonds wird die technische Ausstattung der Polizei bezahlt. Auf Athen kann man sich nicht verlassen, wie du weißt."

„Ich zahle also deine neuen Autos", sagte Spyros.

„Und einen Hubschrauber", ergänzte Angelos und lächelte. „Das kannst du dir locker leisten durch den Hype um das *Alemagou*. Und die Tantiemen aus *Take your time* gehen an die Stiftung für ärmere Inselkinder!"

Spyros´ Blick wurde immer finsterer.

„Darf ich noch etwas behalten?"

Angelos lächelte.

„Deine Freiheit. Und das Gefühl von Gerechtigkeit, weil der Vergewaltiger deiner Tochter zur Rechenschaft gezogen wurde."

32

Ein hübscher Kerl

Hereinspaziert", sagte Kommissar Nikakis und grinste.

Antonis, der süße Kellner, hatte sich herausgeputzt. Dennoch war ihm die Schüchternheit anzumerken.

„Hallo, Herr ... äh, A-angelos."

„Das üben wir noch. Links auf die Terrasse, bitte!"

Angelos schaute Antonis hinterher.

Eine Augenweide, dachte er.

„Ich hab´s gesehen", knurrte Stef, der hinter ihm stand.

„Was denn? Wenn ich die Mona Lisa schön finde, heißt das nicht, dass ich das Bild von der Wand nehme", rechtfertigte sich Angelos.

„Billige Ausrede! Aber er ist zugegebenermaßen ein Highlight – und weiß es selbst nicht."

„Wir könnten ihn etwas betreuen. Ich dachte da an ..."

„Spinnst du? Der Junge hat eine Vergewaltigung hinter sich. Ich glaube nicht, dass ihm der Sinn nach Sex steht."

„Schon gut. Wie sagt man heutzutage *ein flotter Dreier?"*

„Threesome, alter Mann! Und jetzt kümmern wir

uns um unseren Gast! Außerdem wird das Essen kalt!"

Nach dem *Hähnchen cross* kam Kommissar Nikakis zum wesentlichen Grund für die Einladung.

„Wie war das Gespräch mit deinem Vater?"

„Ganz gut. Ich wünschte, es hätte vor zehn Jahren stattgefunden. Jetzt ist es etwas spät", sagte Antonis.

„Besser als nie. Dir ist schon klar, dass du das *Tropicana* erbst."

„Aber das ist eine Ruine!"

Vivakis hatte ihm also tatsächlich nichts gesagt, dachte Angelos.

„Es verhält sich etwas anders. Der Club wird wiederaufgebaut. Die Arbeiten beginnen in vier Wochen. Bis zur neuen Saison ist es längst fertig!"

„A-aber wer bezahlt das?"

„Armenakis. Und zwar großzügig. Ist alles geregelt. Du bekommst die Schlüssel, wenn alles fertig ist. Du bist jetzt Beachclub-Besitzer!"

Antonis verschluckte sich an seinem Frappé. Angelos lachte.

„Du bist jetzt reich. Aber glaube nicht, dass das automatisch glücklich macht. Wir helfen dir mit dem Club, keine Sorge!"

Antonis fand noch immer keine Worte.

„Anderes Thema: was macht die Liebe?", fragte Angelos. „Ist was in Aussicht?"

Antonis lief knallrot an.

„Jetzt lass ihn doch in Ruhe", sagte Stef

tadelnd.

„Na ja. Es gäbe schon jemand, aber der ist unerreichbar", sagte Antonis und schaute zu Boden.

„Ah. Einfach hingehen und fragen", sagte Angelos.

„Das sagt sich so einfach. Er ist in einer Beziehung. Und ich mag seinen Partner sehr!"

„Nun rück schon raus damit", sagte Angelos.

Antonis hielt sich die Hand vor die Augen.

„Mein Gott, Angelos", sagte Stef. „Und du willst Kommissar sein? Antonis meint DICH!"

„Jetzt ist es raus. Es tut mir leid, Stef", sagte Antonis.

Kommissar Nikakis war vollkommen verdattert.

„Oh je. Ich Vollidiot. Hör mal: du bist vom Aussehen her ein Volltreffer. Nett, freundlich. Die Männer werden sich um dich reißen. Du musst nur aufpassen, dass sie dich wollen und nicht dein Geld oder den Club."

Antonis war das Ganze immer noch peinlich.

„Das ist schon in Ordnung. Nur bin ich mit Stef glücklich."

„Danke für die Klarstellung", meinte Stef und schmunzelte.

„Hm. Aber ein Stück weit kann ich dir entgegenkommen. Wie wäre es mit Sex?", fragte Angelos.

„ANGELOS!", sagte Stef bestimmt.

„Entspann dich, Stef. Antonis lächelt. Weißt du, was ein Threesome ist?"

33

Das Verbrechen kennt keine Pause

Kommissar Angelos Nikakis lag auf dem Sunbed und wischte auf seinem Tablet hin und her, als Stef hinzukam.

„Was weiß das Internet heute Morgen?"

„Hm. Was hältst du von diesem Hubschrauber?"

„Nun, das ist kein Hubschrauber, sondern eine Seifenkiste mit Propeller", antwortete Stef.

„Du hast Recht. Wie wäre es mit dem?"

„Nun, das ist ein Kampfhubschrauber. Allerdings sind Taliban in Kalo Livadi eher selten", sagte Stef und grinste.

Angelos´ Handy brummte.

Astinomia.

Doch Angelos hörte zunächst nur Keuchen.

„Hallo?"

„H-hallo, Chef. B-bin ziemlich .. äh .. außer Atem!"

„Kostas? Stehst du auf einem Laufband? Sehr lobenswert. Fitness ist wichtig!"

Stef lachte laut. Kommissar Nikakis hatte sich heute sicher noch nicht bewegt.

„N-nein. Ich bin auf dem Berggrat zwischen Kalo Livadi und Elia."

„Was machst du da oben?", fragte Angelos.

„D-die Villa von Greg Shade. D-der Fußballer.
Die Haushälterin hat ihn heute Morgen
gefunden. Tot. Im Jacuzzi. Puh. Aber es führt
keine Straße hier hoch. Ich habe es mit dem
Quad probiert, aber das hat auf halber Höhe
schlapp gemacht."

Kostas keuchte und japste.

„Wir kommen", sagte Angelos.

„Womit denn?", fragte Kostas.

Angelos Nikakis drehte sich nach rechts und
blickte hoch zum Heliport von Kalo Livadi.

„Gesegnet seien unsere Scheichs. Da oben
steht ein Helikopter. Und den beschlagnahmen
wir jetzt!"

KILLERBALL

„Kann ein Mensch in einem Whirlpool zu Tode gekocht werden?", fragt sich Kommissar Nikakis, nachdem in einer Riesenvilla die ramponierte Leiche eines Fußballstars gefunden wird.

„Das geht sogar erschreckend einfach", lautet die Antwort des Herstellers.

Weniger einfach gestalten sich die Ermitt-lungen. Die Liste der Verdächtigen, durch die sich Kommissar Nikakis durcharbeiten muss, ist lang, denn Fußballstars haben offensichtlich viele Feinde: Mitspieler, Klubpräsidenten, Spielerberater, die Ex-Frau, die Wettmafia ...

Und erstaunlicherweise halten sich viele Verdächtige zum Tatzeitpunkt auf Mykonos auf. Was für ein Zufall!

Paul Katsitis/ Danny Silva – Mykonos-Saga -33

Nikos Sahas ist der reichste Mann auf Mykonos. Sein Imperium umfasst sieben der teuersten Hotels, die besten Bars und Beteiligungen an allen Reedereien, die Mykonos ansteuern.

Als er erfährt, dass er sterbenskrank ist, muss er sich mit etwas beschäftigen, was er nie wollte. Seinem Tod. Und dem Erbe.

Er hat einen Sohn. Zu seinem Leidwesen ist Christos schwul - für Nikos der schlimmste Schlag seines Lebens.

Dann wäre da noch Ariadne. Aber deren Interessen beschränken sich auf Kunst und Sex. Ariadnes Ehemann Leandros ist ein Widerling und Nikos´ zweiter Sohn Alexios ist der Partykönig.

Am liebsten wäre es Nikos, könnte er seine Putzhilfe Nina als Erbin einsetzen, aber das würde den Ruf der Familie beschädigen.

Mitten in seinem Gefühlschaos erfährt Nikos, dass sein Sohn Christos tot aufgefunden wurde und das unter seltsamen oder eher peinlichen Umständen. Gefahr droht von Sahas´ Todfeind: Kommissar Nikakis. Unter keinen Umständen darf das dunkle Geheimnis der Familie ans Licht kommen. Und dafür ist Nikos Sahas auch bereit zu töten – wie schon vor 50 Jahren.

Paul Katsitis/ Die Akte Satoshi Nakamoto -32

Die CEOs der größten Gaming-Konzerne treffen sich auf Mykonos – zu einer geheimen Konferenz zwecks Preisabsprachen. Eine der Firmen steht kurz vor dem Verkaufsstart eines neuen Spiels: „Mykomania". Vom Vertreiben der einheimischen Bevölkerung bis hin zum Kampf gegen Aliens am Strand von Paradise – alles wird Teil des Action-Games. Doch es ist viel mehr als ein Spiel, denn: man findet eine Schwerverletzte. Die geheimnisvolle Frau entpuppt sich als Satoshi Nakamoto, den Erfinder des Bitcoins – oder besser: Erfinderin. Spätestens nach der Ermordung Nakamuras weiß Kommissar Nikakis: es geht um etwas viel Größeres als nur ein Spiel. Und Kommissar Nikakis stellt entsetzt fest: er selbst ist Teil dieses Spiels.

Paul Katsitis – Der Tod in Pink – 31

Endlich wieder ein unpolitischer Mord, ein normaler Mord, denkt Kommissar Nikakis. Das Opfer: ein 65-jähriger Biologie-Professor, bekannt als „Blumenpapst". Was wollte er hier? Mykonos ist alles andere als ein blühendes Paradies. Nach einem weiteren Mord an einem Blumenhändler liefert eine Museumsdirektorin den entscheidenden Hinweis: es geht um die „Rose von Mykonos" – eine der seltensten und damit wertvollsten Pflanzen der Welt. Noch schlimmer: für manche ist die Rose heilig. So heilig, dass man für sie tötet – und nicht nur einmal.

Paul Katsitis – Der Vampir von Mykonos 30

In einer Villa in Drafaki findet ein russischer Oligarch seine ermordete Tochter. Die Leiche ist vollkommen blutleer. Drei Tage wird ein weiteres Mädchen umgebracht, dieses Mal die Tochter eines saudischen Prinzen. Auch bei ihr wurde das gesamte Blut ausgelassen. Während die Medien schon vom „Vampir von Mykonos" sprechen, muss Kommissar Angelos Nikakis fast unlösbare Aufgaben erfüllen: den Täter rechtzeitig finden, den Killer stoppen, den die beiden Väter engagiert haben. Er glaubt an einen politischen Hintergrund, liegt aber falsch. Sein Ehemann Daniel hingegen ahnt, dass das Motiv nur mit Mykonos zu tun hat.

Paul Katsitis – Der Strand der toten Köpfe 29

Am Paradise-Strand werden eines Morgens mehrere Köpfe angespült. Auch an den folgenden Tagen erschrecken Leichenteile die Urlauber. Die Presse nennt den Strandabschnitt bald den „Strand der toten Köpfe" und viele Touristen reisen ab. Kommissar Angelos Nikakis kämpft nicht nur um die Aufklärung der Todesfälle, sondern auch gegen die alte Legende von „Poseidons Kindern".

Paul Katsitis- Engel der Finsternis 28

Ausgerechnet auf Mykonos sollen Friedensverhandlungen zwischen Israelis und Palästinensern stattfinden. Ein logistischer Alptraum für Kommissar

Angelos Nikakis. Die Bucht von Kalo Livadi scheint sich hervorragend dafür zu eignen. Leicht absperrbar, mit eigenen Piers und einem Heliport. Aber er macht sich keine Illusionen. Unangemeldete Gäste mit düsteren Absichten werden den Gipfel ebenfalls „besuchen".

Paul Katsitis – Goldrausch 27

Von wegen: der Wohlstand von Mykonos beruht auf dem Tourismus. Nein. Während auf den anderen Ägäis-Inseln gehungert wurde, genoss Mykonos durch seine Bergwerke eine Sonderstellung.
Zwar wurden die letzten Minen vor vierzig Jahren geschlossen, plötzlich aber werden zwei Geologen in einem Schacht tot aufgefunden. Und ein amerikanischer Konzern zeigt auffälliges Interesse an den Bergwerken. Ihr Gegner: Kommissar und Bürgermeister Angelos Nikakis. Als eine Freundin ermordet wird und sich herausstellt, dass die Firma dafür verantwortlich war, wird die Angelegenheit mehr als persönlich.

Paul Katsitis – Smyrna 26

Ein van Gogh, der 1922 in Smyrna verschwand, brachte keinem der Besitzer Glück. Alle seine Besitzer starben eines gewaltsamen Todes. Hundert Jahre später taucht das Gemälde auf Mykonos auf und bringt Kommissar Angelos Nikakis in Lebensgefahr.

Paul Katsitis – Schläfer 25

Kommissar Angelos Nikakis hat gleich zwei haarige Fälle zu lösen: in Saloniki explodiert eine Bombe und vor Mykonos werden auf einer Party-Yacht vier leblose Körper gefunden, allerdings ohne jegliche Verletzungen. Mysteriös – und nur langsam lassen sich die Fäden verbinden. Mit einer schlimmen Vermutung: Der Täter lebt seit Jahren auf der Insel. Ein Schläfer.

Paul Katsitis – Lebendig begraben 24

Ein Anrufer behauptet, unter einer frisch asphaltierten Straße auf Mykonos läge ein lebendig begrabener Mann. Kommissar Angelos Nikakis hat erst seine Zweifel – und scheut die Kosten. Als er sich doch dazu entschließt, die Straße aufreißen zu lassen, zeigt sich: in einer Kammer darunter liegt tatsächlich eine männliche Leiche. Damit nicht genug: im Magen des Toten findet sich ein USB-Stick.

Paul Katsitis – Sisa 23

Drogen und Mykonos ziehen sich wie Magnete gegenseitig an. Da der Effekt nicht zu stoppen ist, hat Kommissar Angelos Nikakis mit dem größten Drogenhändler der Ägäis, Abu Bakar, ein Abkommen getroffen: keine gestreckte Ware, begrenzte Menge, keine Lieferung an Jugendliche und keine Gewalt auf der Insel. Im Gegenzug drückt Angelos beide Augen zu, auch weil er die übliche Drogenpolitik für Heuchelei hält. Seit drei Jahren gab es keine Drogentoten mehr – der Deal funktioniert. Doch nun taucht ein neuer Player auf, der das Monopol mit Gewalt brechen will. Beim Angriff auf Abus Yacht wird diese zerstört und Abu schwer verletzt. Angelos hilft Abu, denn er will Ruhe auf Mykonos – doch die Rechnung bezahlt Angelos´ Ehemann Yariv.

Paul Katsitis – Pontifex 22

Das Oberhaupt der orthodoxen Kirche, Hieronymus, besucht Mykonos. Ein unangenehmer Termin für den schwulen und atheistischen Bürgermeister und Kommissar Angelos Nikakis.
Während des Besuchs wird der Staatssekretär des Metropoliten ermordet aufgefunden.
Hieronymus bittet Angelos um Hilfe, denn es geht nicht nur um einen Mord, sondern um die schiere Existenz der griechischen Kirche. Ein Pergament aus dem 4. Jahrhundert stellt deren Zukunft infrage.

Paul Katsitis – Yariv 21

Mykonos im Juni: gähnend leer, dank Corona. Nach der Öffnung der Insel ist es vorbei mit der Ruhe: im Haus eines hochrangigen Politikers wird eine tote Frau gefunden.
Und Kommissar Angelos Nikakis hat noch ein weiteres Problem: sein Kollege Yariv wird bei einem Einsatz in Athen schwer verletzt.

Paul Katsitis – Darknet 20

An der Uferpromenade mitten in Mykonos-Stadt wird die Leiche eines jungen Mädchens gefunden, das niemand kennt. Gefoltert und vergewaltigt.
Als ein zweites Opfer gefunden wird, vermutet Kommissar Angelos Nikakis, dass er es mit einem Pädophilenring zu tun haben könnte. Zusammen mit seinem Athener Kollegen Yariv Markaris, einem Darknet-Spezialisten, nimmt er die Spur auf. Er stößt dabei auf Beteiligte, die aus den höchsten Kreisen in Athen stammen und die ihre eigene „Flüchtlingspolitik" verfolgen.

Paul Katsitis – Carneval 19

Carneval in Griechenland? Bestimmt nicht, denken viele. Von wegen: Rosenmontag ist einer der wichtigsten Feiertage. Doch auf Mykonos wird Carneval gestört: in der Nähe von Kalafati wird ein Motorradfahrer tot aufgefunden. Obwohl der Kopf abgetrennt wurde, gelingt es Kommissar Angelos Nikakis schnell, ihn zu identifizieren: das Opfer ist ein Emirati, Landsmann von Angelos´ Ehemann Khaled. Zufälle gibt es nicht, sagt Angelos immer – und leider behält er Recht.

Paul Katsitis – Tödliche Libido 18

Auf einem Kreuzfahrtschiff wird ein 19-jähriger Steward vermisst.
Kommissar Angelos Nikakis nimmt den Fall zunächst nicht ernst. ‚Der Junge macht sich auf Mykonos ein paar schöne Tage‘, denkt er. Und es gibt keine Leiche.
Doch er täuscht sich. Eines Abends besucht ihn der Premierminister, Antonis Migiakis, der mit Angelos befreundet ist und gesteht, dass der junge Pavlos sein heimlicher Liebhaber war.
Kurz darauf melden sich die Entführer – und die Forderungen haben es in sich. Angelos muss den Jungen finden, sonst ist Migiakis politisch erledigt. Und zur Lösung des Falls braucht er die Hilfe eines altbekannten Drogenbarons: Abu Bakar.

Paul Katsitis – Botschafter 17

Kommissar Angelos Nikakis und sein Partner Khaled retten ein Kind vor dem Ertrinken. Es ist zufällig der Sohn des israelischen Botschafters. Aus Dankbarkeit wird der Botschafter der Trauzeuge von Angelos und Khaled. Einen Tag später zerreißt eine Bombe dessen Wagen. Was zunächst nach einem Terrorakt aussieht, entpuppt sich als ein Geflecht aus Kunstdiebstahl, Verschwörung und Mord. Und Kommissar Nikakis muss tief in der Vergangenheit wühlen.

Paul Katsitis – Spione 16

Ein russischer Überläufer soll über Mykonos in den Westen geschleust werden. Auf der Kykladen-Insel soll er sich in einer der zahlreichen Schönheitskliniken eine gesichtsveränderte Operation unterziehen. Kommissar Angelos Nikakis soll den Agenten während des Aufenthaltes schützen. Kein größeres Problem, denkt er. Bis plötzlich drei Geheimdienste auf der Insel am Werke sind. Und sich letztlich Angelos´ Leben für immer verändert.

Paul Katsitis – Khaled 15

Eine Explosion auf Delos tötet einen Archäologen. Das erste Rätsel für Kommissar und Bürgermeister Angelos Nikakis. Das zweite Rätsel hingegen – wen er denn nun liebt – löst sich: er trennt sich von Alex und zieht zu Kronprinz Khaled. Doch zwei Tage später wird dieser von einem Attentäter niedergeschossen.

Paul Katsitis – Trauma 14

Chefermittler und Bürgermeister Angelos Nikakis glaubt es zunächst nicht: auf der trockenen Insel Mykonos soll ein Golfplatz errichtet werden. Als Nikakis den Investor trifft, glaubt er ihn zu kennen. Bevor er sich erinnert, ereignen sich zwei Morde. Angelos´ Ehemann Alex findet währenddessen heraus, woher Angelos den Investor kennt.
Bald geschieht ein dritter Mord. Und der Täter ist Alex.

Paul Katsitis – Royals 13

Zehn Seemeilen entfernt von Mykonos wird ein großes Gasfeld entdeckt. Bürgermeister und Kommissar Angelos Nikakis greift zu allen (auch illegalen) Tricks, um Bohrtürme in der Ägäis zu verhindern.
Als dann eine Prinzessin des Emirats Katar während eines Besuchs auf Mykonos entführt wird, scheint es zunächst nicht so, als würde ein Zusammenhang bestehen. Wenige Tage später ist die Prinzessin tot – und Angelos Nikakis sitzt im Gefängnis.

Paul Katsitis – Der Putsch 12

1967 putscht in Griechenland das Militär. Hellas und auch Mykonos ächzen unter der Diktatur.
52 Jahre später gibt es wieder einen Regierungs-wechsel in Athen. Doch die Ereignisse von damals werfen ihre späten Schatten.
Ein Flugzeugabsturz und Kommissar Angelos Nikakis sorgen dafür, dass es zu einem politischen Erdbeben kommt.

Paul Katsitis – Glut 11

Der Alptraum aller Chora-Bewohner wird wahr. Ein Großbrand wütet in den engen Gassen der Stadt. Eine knifflige Aufgabe nicht nur für die Feuerwehr, sondern auch für Kommissar und Bürgermeister Angelos Nikakis. Denn in einem Haus findet man eine Leiche. Ein Brandopfer, denken viele. Doch sie wurde erschossen. Drei weitere Morde und der

Wiederaufbau lassen Angelos kaum Zeit Luft zu holen.

Paul Katsitis – Abseits 10

Im Stadion von Mykonos wird die Leiche eines Mannes gefunden. Da der Mann Fan von Olympiakos Piräus war, geraten alle Anhänger des Konkurrenzvereins Panathinaikos Athen in Verdacht. Die Indizien lassen zunächst keine andere These zu und der Hass zwischen beiden Lagern ist tatsächlich so groß, dass auch ein Mord im Bereich des Möglichen liegt.
Doch als Kommissar Angelos Nikakis in die Welt der Spielerscouts eintaucht, stellt er fest, dass es um ganz andere Dinge ging: um Menschenhandel, Pädophilie und natürlich eine Menge Geld!

Paul Katsitis – Sturm über Mykonos 9

Über Mykonos tobt der schwerste Sturm seit Jahren. Eine Fähre kentert. Angelos ist unter den Rettern, wird aber nach dem Einsatz selbst vermisst. Für zusätzliche Aufregung sorgen zwei Ölfässer, die an Land gespült werden. In ihnen liegen die zerstückelten Leichen von zwei griechischen Soldaten.

Paul Katsitis – Die Maske 8

Nach einem Banküberfall erschießt Alex einen der Räuber auf der Flucht. Da er ihn ohne Vorwarnung in den Rücken geschossen hat, steht er bald unter Anklage.

Im Schatten des Prozesses gelingt es einem neuen, besonders brutalen Drogenhändler, genannt „Máská", sein Netzwerk auszubauen. Und er zögert auch nicht, als sich ihm die Gelegenheit bietet, Kommissar a.D. Angelos Nikakis aus dem Weg zu räumen.

Paul Katsitis – Hass 7

Es ist ein besonderer Fall für die beiden Ermittler Alex und Angelos Nikakis. Die Leiche eines jungen Mannes wird in den Dünen gefunden. Am und im Körper des Toten findet sich die DNA von Angelos. Er wird verhaftet.

Paul Katsitis – Skalpell 6

Am Strand von Ornos wird eine Frauenleiche gefunden. Es ist die Tochter des Bürgermeisters. Der Leiche fehlen Nieren und Leber.

Doch es geht bei der Mordserie nicht nur um Organe, wie die beiden Ermittler Alexandros und Angelos Nikakis bald feststellen. Es existiert ein komplexes Netzwerk, das verschiedene kriminelle Felder abdeckt, und so mancher Inselbewohner ist darin verstrickt.

Paul Katsitis – Inzest 5

Ein Bräutigam, der sich am Tag der Hochzeit vom Balkon stürzt und eine Mädchenleiche in einer Wagenpresse. Zwei Fälle für die beiden Ex-Kommissare Alex und Angelos Nikakis Zwei Fälle, die sich nach und nach aufeinander zu bewegen.

Paul Katsitis – Der-Drei-Sterne-Mord 4

Im besten Restaurant der Insel wird der Chefkoch, ehemals Leibkoch Gaddafis, mit durchschnittener Kehle aufgefunden. Ein schwieriger Fall für Alex und Angelos, zumal die eigene Familie mit beteiligt ist. Der Fall erfährt eine erstaunliche Wendung, als die beiden Ermittler erfahren, dass der britische Außenminister Mykonos besucht – auf dem Landsitz des griechischen Premierministers.

Paul Katsitis – Tattoo 3

Zwei Highlights stehen auf dem Programm des Wochenendes: ein hochdotiertes Beachvolleyball-Turnier und die Eröffnung der ersten Spielbank auf der Insel.
Nicht ins Programm passen zwei Tote: ein 19-jähriger Junge und einer der Beachvolleyballspieler. An dessen „natürlichem Tod" haben die Ermittler Alex und Angelos so ihre Zweifel.

Paul Katsitis – Rache 2

Im Kloster Ano Mera auf Mykonos wird ein Priester tot aufgefunden, dessen Leiche übel zugerichtet ist. Es sieht nach einem Rachemord aus – doch wofür?

Paul Katsitis – Die Bestie von Mykonos 1

Zwei Kriminalbeamte, Alexandros und Angelos, quittieren den Dienst und eröffnen gemeinsam auf Mykonos eine Bar. Nebenher betreiben sie eine kleine Privat-Detektei. Da die Polizei chronisch unterbesetzt ist, werden Alex und Angelos – wegen ihrer Erfahrung - regelmäßig hinzugezogen. Mykonos ist in Aufruhr. Offensichtlich foltert, vergewaltigt und tötet ein Mann junge Touristen. Um ihn zu stellen, bleibt nichts anderes übrig, als dass Angelos den Lockvogel spielt – mit furchtbaren Konsequenzen ...

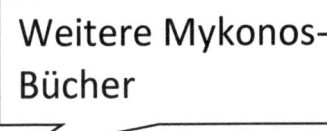

Weitere Mykonos-Bücher

Mykonos LOVE STORY
Von Michael Markaris

„Die Mykonos Love Story 1-11" von **Michael Markaris**.
Kommissar Pandis hat mit 53 sein Coming-Out und verliebt sich in den 29-jährigen Angelos.

Bisher erschienen:
Mykonos Love Story 1
Mykonos Love Story 2 – Das goldene Ei
Mykonos Love Story 3 – Morgenröte über Mykonos
Mykonos Love Story 4 - Mykonos Speed
Mykonos Love Story 5 – Rape-Vergewaltigung
Mykonos Love Story 6 – Der rosa Leopard
Mykonos Love Story 7 – Rückkehr der Leoparden
Mykonos Love Story 8 – Crash!
Mykonos Love Story 9 – Der tote Pelikan
Mykonos Love Story 10 – Photia-Feuer
Mykonos Love Story 11 – Der tote Archäologe